La fin des coquillettes

Un récit de pâtes et d'épées

Édition : Karine Lanini
Conception graphique et maquette : Studio Blick
Correction : Sarah Détré
Illustrations : Lucia Calfapietra

Binge Audio Éditions
6, villa Marcel-Lods
75019 Paris
www.binge.audio
ISBN : 978-2-491260-17-0

Klaire fait Grr

La fin des coquillettes

Un récit de pâtes et d'épées

Binge Audio Éditions

Des bols de coquillettes
et du virilisme guerrier

Des coquillettes, me dis-je.

J'ai vraiment réussi à foirer des coquillettes.

Les pâtes mollassouilles me regardent depuis leur bol, et sans mentir je peux sentir leur mépris trop cuit me rouler les yeux au ciel. Sûr qu'elles me regarderaient de haut si elles pouvaient, mais au vu de la config, c'est moi qui les regarde par au-dessus en pensant voilà bien une preuve de la supériorité de l'humaine sur la coquillette.

J'ai vraiment réussi à foirer des coquillettes.

Il y a des jours comme ça où les étoiles s'alignent, les éléments s'entrelacent et les nuages s'écartent pour laisser dégueuler une douce lumière d'espoir et de joie.

Pas là.

Là, il y a moi, un bol de coquillettes ratées et mon “espace bureau”, c’est-à-dire la table basse du salon + mon cul sur le canap, le dos plié en sept et le cou tordu en mille car je n’aime rien tant que voir poindre la fin du jour et constater qu’une fois de plus je me suis bousillé les vertèbres rien qu’en existant.

J’aimerais vous dire que c’est là que tout a commencé, qu’à cet instant, ni une ni deux, j’ai pris en main mon avenir culinaire et ma souris sans fil mais ce serait faux. Car ce qu’il s’est passé à cet instant, en vérité, c’est que je suis retournée chercher le sel à la cuisine – toujours noyer les pâtes ratées dans un excès de sel.

Ah bravo, c’est tout moi, ça : trois paragraphes et déjà deux conseils santé à ne surtout pas suivre. S’il est difficile de définir ce livre par ce qu’il est, commençons par ce qu’il n’est pas : nous pouvons déjà barrer ~~Guide culinaire de la bonne ménagère~~ ainsi que ~~Manuel des bonnes pratiques et postures de travail adaptées~~. De toute façon, globalement, n’hésitez pas à rayer tout le rayon bien-être et développement personnel : si je vous promets bien une chose, c’est de ne rien vous développer du tout.

MAIS COMMENT FAIRE POUR CESSER DE RATER LES COQUILLETTES BON SANG, rugis-je alors, mais mentalement car j’ai des murs en papier-clope et un brin de respect pour ma voisine de palier.

C’est avec cette question que commence l’enquête qui nous mènera je ne vous dis pas où car sinon je vous gâche la fin du livre, après ne vous attendez pas à un truc dingue à la fin non plus, je préfère vous faire rayer également ~~Révélations et récits époustouflants~~.

Récit épatant, à la limite, mais surtout parce qu'il y a le mot « pâtes » dedans.

MAIS COMMENT FAIRE etc.

Bien sûr, et comme à chaque fois que je me retrouve face à un grand mystère de la vie, je décide de chercher la réponse dans le *Quid 1989* du deuxième étage de la bibliothèque Denis-Diderot des bords de Seine. Pas du tout. C'était juste pour voir deux secondes ce que ça aurait été d'être une écrivaine du siècle dernier.

Évidemment que je google la question, pardi. (Oui, entre « googler » et « googliser », j'ai choisi mon camp, je vote pour le verbe « googler », sachez que je dis également allumer LE wifi, attraper LE covid, et je mets une majuscule à « le Ministre est un prédateur sexuel », mais vous faites comme vous voulez.)

CPMMENT NE PAS RZTER CUISSON COQUILLETE, googlé-je donc, le doigt plutôt alerte pour un doigt qui tient à moitié une fourchette aussi (et éliminons ~~Prendre soin de son matériel informatique et l'entretenir~~).

Ainsi débute le voyage.

Alors, c'est sûr, côté voyage ça pète moins que le début de *L'Iliade* et *L'Odyssée*. Cela dit, vous savez par quoi commence *L'Iliade* ?

« Chante, déesse, du Pèlèiade Akhilleus la colère désastreuse,
Qui de maux infinis accabla les Akhaiens,
Et précipita chez Aidès tant de fortes âmes de héros,

Livrés eux-mêmes en pâture aux chiens
Et à tous les oiseaux carnassiers. »

Alors merci mais non merci, moi tout ce qui est ~~Chants des Déesses et Livraison en pâture~~, je passe.

En revanche, figurez-vous que Google m'en apprend de belles sur la cuisson des coquillettes.

Et notamment 3 choses :

1/ Pour réussir leur cuisson, « les coquillettes ne doivent pas être cuites trop longtemps ». Femme actuelle, 24/03/2020 (Merci bien).

2/ « L'eau de cuisson des coquillettes peut être remplacée par du lait », selon Lila1455 sur Marmiton.org. (Je ne serais pas étonnée que ces gens mettent de l'eau dans les Chocapic.)

3/ Il semblerait qu'il soit devenu légal de confondre coquillettes et macaroni, puisqu'un article de Wikihow utilise les deux comme synonymes et ce sans le moindre scrupule.

Je sais ce que vous vous dites : je ne peux vraiment pas me la ramener, vu qu'au moment où j'écris ces lignes, j'ai le bol même pas breton tout plein de pâtes trop salées qui s'entrecollent de désespoir en regrettant leur destin. Je devrais laisser pisser mais désolée : les coquillettes et les macaroni, ce n'est pas tout à fait la même chose. Non seulement ça n'a pas la même forme (tordu-radical pour la coquillette qui est carrément courbée, tordu-léger pour le macaroni – si la coquillette est farouchement de gauche, dites-vous que le macaroni c'est Jospin : pas complètement demain la veille que ce sera le matin du grand soir). Mais ça n'a pas non plus la même histoire – et c'est bien pour ça qu'il va falloir que je vous la raconte.

C'est sûr que vous avez déjà entendu l'histoire que Marco Polo a ramené les pâtes de Chine. Si vous ne l'aviez jamais entendue, eh bien c'est une histoire qui dit que Marco Polo a ramené les pâtes de Chine. (De rien.)

La légende raconte que le jeune Marco Polo, né à Venise au XIIIe siècle, entreprend un long voyage en Asie, et après plusieurs années passées en Chine revient à son Italie natale avec dans les bagages une spécialité chinoise : les pâtes. L'équivalent d'une année Erasmus à l'étranger, finalement, sauf que vous, vos potes avaient rapporté deux cartouches de Camel et des chlamydias mais passons.

C'est l'histoire qui nous a été beaucoup racontée, en tout cas à l'époque où il n'était pas encore possible de débunker ce genre de trucs d'un clic, mais je vous parle d'un temps ancestral où nous nous rendions à la bibliothèque Denis-Diderot le pas léger et le cœur certain que le Parti socialiste était de gauche.

Car ce truc est un bon gros fake[1].

Il y a totalement erreur sur la confiture. Normal, me direz-vous, le XIIIe siècle, ça remonte, et déjà que vous savez plus bien pourquoi vous détestez le mec de Juju depuis le Nouvel An 2007, alors le XIIIe siècle, hein. (Une sombre histoire de blague sur les blondes, a priori.) Donc c'est bien normal que

1 Marco Polo, pas le PS. D'après mes sources, le PS, lui, aurait réellement existé.

l'histoire peut-être, doucement, avec le temps.... Non mais rien du tout *avec le temps*. Il ne s'agit pas ici d'un glissement de terrain mais d'une cassure nette et précise. Car l'histoire, en fait, a été inventée de toutes pièces par le lobby américain des pâtes[2]. Qui fait pondre un jour un article "historique" dans son organe de propagandouille intitulé *Le Macaroni Journal*. Oui, clairement le titre du canard aurait pu nous mettre la puce à l'oreille sur le fait qu'en termes de transparence, c'était pas Mediapart.

L'édition du 15 octobre 1929 raconte donc qu'il était une fois jadis, la grande période des croisades étant un peu passée de mode, tout ce que le grand monde comptait de nobles aventuriers commençait à s'ennuyer ferme, d'autant que la Gameboy n'avait pas été inventée. Alors, notre brave Marco Polo part en expédition avec d'autres types motivés. Mais un jour, alors qu'il navigue près de la côte de Cathay, au nord de la Chine, il est informé par l'un de ses hommes que le niveau d'approvisionnement en eau du navire est dangereusement bas et qu'il va falloir trouver de la flotte assez immédiatement.

Ni une, ni douze : Marco dirige son navire aussi près de la côte que possible et envoie plusieurs de ses hommes dans une petite embarcation à la recherche d'eau fraîche. L'un des marins du groupe est un Vénitien nommé Spaghetti et LÀ ÇA COMMENCE À SENTIR LES GROS SABOTS QUAND MÊME

2 Je vous jure que c'est vrai, comme tout ce que je vous raconterai ici, mais je vous comprends ; moi-même, une histoire de lobby pastal dès le premier chapitre, ça me collerait une moue dubitative. Pourtant je vous PROMETS.

mais ok admettons, il s'appelle Spaghetti. Lorsque le petit bateau atteint la plage, les trois-quatre marins du groupe se séparent, chacun part dans une direction différente, parce qu'ils savent qu'il y a de l'eau douce pas loin mais où donc, mystère, boule de gomme et épreuve d'orientation de Koh-Lanta.

Tout à sa recherche, Spaghetti se retrouve devant un petit groupe de huttes, et il se dit *hmmm, il doit donc y avoir de l'eau potable pas loin* car Spaghetti est malin. Mais alors qu'il s'apprête à entrer dans le village, son attention est attirée par une scène étonnante : un homme et une femme du coin sont occupés à mélanger des trucs avec un outil rudimentaire. La femme malaxe une sorte de pâte, dont des fils semblent avoir débordé du bol et séché sur le sol.

Spaghetti observe les ingrédients utilisés, la méthode de mélange, et il lui vient immédiatement à l'esprit qu'un homme blanc qui pille les savoirs et les ressources des autres continents et se les attribue, c'est un concept qui devrait bien fonctionner dans l'Histoire mondiale.

Oui nan, désolée bande de wokistes c'est hélas pas ça que dit l'article, enfin pas comme ça.

Le papier raconte qu'il vient immédiatement à l'esprit de notre héros qu'un aliment sec de ce genre serait tout à fait le bienvenu au menu du navire. Sa curiosité le pousse alors à s'approcher du couple et, par des signes et des gestes, il réussit à obtenir une certaine quantité de grains utilisés dans la fabrication de cette étrange pâte, ainsi qu'un peu de pâte déjà prête à l'emploi. (L'article ne précisant pas les conditions financières de la transaction, je suppose que le public est censé se dire *quelle chance pour cette pauvre villageoise orientale qu'un riche homme blanc daigne lui offrir son attention et la rémunère en condescendance* d'autant que tu le sens qu'il va poster une photo d'elle et lui sur Facebook légendée *Ces gens n'ont rien sauf le sourire sacrée leçon de vie !!!* Mais allez, je retourne à la version du *Macaroni Journal* et je me la boucle.)

Spaghetti est si excité par sa découverte qu'il en oublie complètement de chercher de l'eau et se dépêche de rejoindre ses camarades. Il arrive au navire, raconte son histoire à tout le monde, pis se met à travailler toute la quantité de pâte en longs rubans minces. Au fur et à mesure que les rubans sèchent, il les recoupe en longueurs plus courtes et plus pratiques.

Ahhh, ça sent la victoire hein !

Pas du tout.

Les gars commencent à vouloir manger ces rubans de pâte secs, et bon, quiconque a déjà grignoté un spaghetti cru en attendant que l'eau bouille sait que : non.

Hélas, une fois réhydratés dans de l'eau fraîche, c'est toujours pas bon. Alors, Spaghetti-le-gros-malin a l'idée de faire bouillir les bâtonnets dans de l'eau de mer, qui, comme chacun sait, est drôlement salée. Et là, bingo banco. C'est cette méthode qui donne le meilleur résultat et fait ressortir la riche saveur de l'aliment.

Dès le retour de Marco Polo et de son ami Spaghetti à Venise, la popularité de notre pâte explose, et très vite un aliment similaire fait de blé cultivé sur place se trouve sur toutes les tables italiennes. À Gragnano, où l'eau de source est abondante, la fabrication de ces rubans de pâte sèche se fait bientôt à grande échelle. Et tenez-vous bien, ils seront baptisés : « spaghetti ». (Quoi ? vous l'aviez vu venir ? Ah bon ?) Fin de l'anecdote du *Macaroni Journal*.

Sauf qu'en vrai, les spécialistes de cette période de l'Histoire ont établi sans le moindre doute que Marco Polo et ses compères n'étaient pour rien dans l'introduction des pâtes : la seule bouffe que l'aventurier ait ramenée de Chine est la farine de sagou, une sorte de palmier, autant vous dire que c'est pas encore tout à fait vendredi ravioli.

Mais alors, pourquoi cette légende ?

Eh bien écoutez, peut-être que quand vous pensez Italie, vous pensez pizza, cappuccino, week-end-à-Rome tous les deux sans personne, autour de toi, toi la mamma, et grand bien vous fasse. Mais aux États-Unis dans les années 1930, il semblerait que l'opinion publique associait surtout l'Italie à... la *malavita*, le milieu, la mafia, *pose ce flingue Tony où ta sœur reviendra en boulettes de viande*. (Je ne sais pas, je n'ai jamais vu de films de gangsters, j'imagine qu'il y a des sœurs en danger et des boulettes de viande mais si c'est pas le cas soyez sympas de fermer les yeux.) Alors, le lobby des pâtes se donne pour mission d'ennoblir le produit aux yeux de la clientèle, de lui apporter un karma international classieux et d'éviter que la pasta soit associée aux ghettos italiens, eux-mêmes communément assimilés à la pègre. (Voyez comme blâmer les personnes immigrées pour tous les maux de la terre, c'est une notion maîtrisée depuis un p'tit moment puisque nous ne sommes alors qu'en 80 avant Éric Ciotti.)

Ça nous sort donc Marco Polo du chapeau et ça nous repeint les pâtes en grande aventure orientale.

Mais ce qui donnera vraiment du poids à cette version, c'est un film américain starring Gary Cooper (*Les Aventures de Marco Polo*), sorti en 1938, inspiré de notre fake originel, mais repimpé à la sauce Hollywood. Je vous résume : cette fois, notre beau Marco Polo, explorant la Chine, se fait inviter à bouffer avec son collègue. Quand leur hôte déjà bien sympa leur met sous le nez une plâtrée de spaghetti, Marco demande comme un gros blaireau : « Ce sont des vers de terre sautés ? » Donc déjà, moi, je t'invite à bouffer tu me dis ça, BON BOF.

Mais l'hôte chinois est très sympa ou bien surblasé des réflexions racistes ou les deux et répond en souriant que nooon, que c'est la nourriture des pauvres gens en Chine depuis des siècles, et laissez-moi vous montrer comment ça se mange à la baguette, que évidemment le pote-rigolo de Marco s'en fout partout à cause des baguettes, excellent gag que personne n'a vu venir depuis le Moyen Âge. L'hôte gentil décidément bonne pâte (mdr) montre ensuite à Marco à quoi ressemblent les spaghetti crus, et Marco, attendant à peine la réponse à son « permettez ? », lui prend des mains une poignée de Barilla crus et les cale dans son sac aux merveilles. L'hôte qui a l'air ok avec ça (alors que personnellement BAH OUI SERS-TOI, MARCO, TU VEUX PAS CENT BALLES UN MARS ET UNE ÉPILATION DE L'INTERFESSIER), l'hôte, donc, lui précise qu'ils appellent ça des « spaghettes ».

Oui, sans le *i*, j'imagine que le *i*, il arrive plus tard, avec le retour en Italie, mais j'en sais rien car si vous croyez que je me suis fadé les 1 h 44 des *Aventures de Marco Polo* vous vous fourrez le doigt, j'ai déclaré forfait juste après un passage inénarrable. Que je vais vous narrer quand même.

C'est une scène dans laquelle l'empereur de Chine propose à Marco de choisir parmi un groupe de jeunes femmes lesquelles auront le privilège de devenir dames d'honneur. Marco accepte volontiers cette "petite distraction" car autant ça sait pas manger des spaghetti à la baguette, autant quand il s'agit de traiter tout ce qui est les meufs comme un troupeau de dindons, ça, le patriarcat se serre la main sans frontières en chantant *We are the world*.

Enfin bref.

Marco départage les jeunes femmes en leur posant à toutes la même question. J'aimerais trop vous dire que la question c'est « tu préfères avoir des dents en mousse ou péter à la fin de chaque phrase », hélas non.

« Combien y a-t-il de dents dans la bouche d'une tortue ? » demande Marco.

Les meufs qui répondent un chiffre précis entre 16 et 88 sont éliminées : mauvaise réponse. Viennent ensuite celles qui ont répondu « aucune dent » : bingo, bonne réponse ! Ah, alors, elles ont gagné, elles restent ?

Pas du tout, voyons, elle sont "trop savantes" donc elles sont renvoyées.

Et c'est le groupe qui a répondu « je ne sais pas » qui est choisi pour rester à la cour, parce que ça au moins ça transpire la pureté et l'obéissance. Vous comprendrez qu'à ce moment-là de mon côté j'ai dit oui bon salut Gary Cooper, embrasse tes Apéricube goût tomates-paternalisme, moi j'éteins.

Vous l'ai-je précisé entre deux dents de tortue ? Si le mythe de Marco Polo ramenant des pâtes de Chine ne tient pas la route, c'est aussi que les pâtes existent déjà dans le bassin méditerranéen depuis de nombreux siècles. Grosso modo, plusieurs peuples avaient déjà plus ou moins inventé leurs propres ancêtres des pâtes, et puis les mélanges de population, les guerres, les ressources propres à chaque région et les procédés d'industrialisation ont fait évoluer différentes recettes vers les tortellini, les ramen, et autres spätzle que nous connaissons aujourd'hui.

Bien sûr, les pâtes ont tenu une grande place dans la culture culinaire italienne depuis au moins le Moyen Âge. Et comme les humains sont globalement vachement doués pour transformer un truc cool (la pasta) en truc violentissimo (le racisme), les immigré·es d'origine italienne se sont donc cogné des surnoms à connotation péjorative du genre « les macaronis » de la part de leurs pays "d'accueil" avec des gros guillemets pour la qualité de la réception Airbnb. « Jolis paysages mais pays qui passe son temps à nous cracher à la tronche – j'enlève une étoile. »

Notez qu'en Italie, en revanche, quand les gens disent que quelqu'un a le macaroni un peu court, c'est qu'il a une petite quéquette – je préfère vous prévenir, ici c'est la nouille qui pendouille, là-bas, c'est le macaroni (peut-être qu'une commission planche actuellement à Bruxelles sur une norme européenne, ni macaroni ni nouillette, un consensus autour de la coquillette, et hop, insérez ici l'*Hymne à la joie*).

Les pâtes et l'Italie, aussi indissociables qu'elles semblent, ont pourtant failli se faire séparer violemment sous les coups des grands ciseaux du fascisme. Eeeeh si. Bon d'accord, je vous raconte.

Nous sommes dans l'Europe des années 1930, et déjà cette phrase se termine rarement super.

Enfin, revenons un peu avant, au moment où apparaît en Europe un mouvement artistique, politique et culturel qui s'appelle… ? Qui s'appelle… ?? Eh bah je vois que ça fumait des clopes sur le parking du Leclerc au lieu de traîner à la bibli Denis-Diderot. Qui s'appelle le futurisme, ahhh mais ouiiii, ça vous dit trop un truc, je sais, moi aussi, mais quoi déjà ? En très gros, c'est un mouvement qui prône la vitesse, la violence, la machine, l'urbanisation et qui rejette le poids du passé.

L'agressivité et la modernité des moyens de transport rapides sont érigés en valeurs fortes, avec en point d'orgue pour certains membres du futurisme : la bonne vraie guerre que y a que ça de vrai pour se remettre en forme et nous y former des hommes, des vrais, des virils, que c'est même une question d'hygiène voyez-vous (j'invente pas).

Parmi les types à l'origine du mouvement, il y a un certain Filippo Tommaso Marinetti, un écrivain italien dont le nom sonne sympa mais ne vous attachez pas trop car Marinetti frayera bientôt allègrement avec Mussolini et le fascisme italien.

Marinetti appuie notamment sa rhétorique misogyne sur l'idée d'un homme futuriste qui ne s'encombre pas d'émotion et de sentiment (miam miam la guerre et les grosses voitures), contrairement à tout ce qui est féminin, officiellement méprisé et associé au sentimentalisme d'un passé dont il est temps de faire table rase.

Jusqu'ici vous vous dites *ça me rappelle Bernard du bureau qui m'a lâché un jour qu'avec Poutine au moins, ça créait pas une génération de chiffes molles*. Un délire dégoûtant et ultra-dangereux mais cohérent dans sa pensée : violence, virilisme, vroum vroum.

En revanche, ce que j'ai moins vu venir (et vous non plus, faites pas les malins), c'est que parmi les propositions improbables et whatthefuck de son *Manifeste de la cuisine futuriste*, Marinetti déclarera la guerre… aux pâtes.

Ouaip, dans le fantasme futuriste de notre lascar, il faut abolir la pasta. Pourquoi ? Eh bien parce qu'« elles sont une nourriture passéiste, parce qu'elles abrutissent, parce que leur pouvoir nutritif est illusoire, parce qu'elles rendent sceptique, lent, et pessimiste », déjà, prends-toi ça dans la pastèque.

Et puis de toute façon, d'un point de vue patriotique, « il vaut mieux favoriser le riz » bien de chez nous. Oui oui, l'Italie produit alors beaucoup de riz et exploite d'ailleurs pour ça des femmes issues des classes sociales les plus pauvres. Leurs conditions de travail insupportables pour un salaire encore plus bas que celui des hommes et les révoltes qui en découleront inspireront d'ailleurs une célèbre chanson que si je vous dis quoi vous allez l'avoir trois ans dans la tête donc je la mets en note comme ça c'est vous qui voyez[3].

Mais c'est pas fini. En plus de rendre bête, passéiste et pas patriote, les pâtes, ça alourdit l'estomac, et l'estomac lourd, ça empêche « l'enthousiasme physique envers les femmes » et la capacité à « les posséder légitimement ».

Les pâtes sont donc « antiviriles », et la virilité, c'est pratiquer un coït « possessif » (yeay) avec des femmes. Je dis bien uniquement le coït, et uniquement vaginal car cette activité se pratiquera de préférence dans un objectif de fabrication de chair à canon, puisqu'une bonne guerre et blablabla.

Vous vous méfierez en revanche de tout ce qui est « pesant amour des femmes ». Car oui, les meufs, c'est l'amour, l'amour, c'est pesant, et devinez quoi d'autre est pesant ? LES PÂTES. Donc *basta la pastasciutta*, soit en bon français : bas les pâtes.

3 Vous êtes sûr·e ? Ok. Il s'agit de *Bella Ciao*. La version la plus célèbre, hymne de résistance aux fascismes est en fait une déclinaison de la chanson originale, dédiée aux travailleuses exploitées des rizières italiennes. *O bella ciao, bella ciao*... Ah ça je vous l'avais bien dit que vous alliez l'avoir dans la tête pour les huit cents prochaines heures.

Ah des délires de mascus j'en ai vu passer quelques-uns, mais le lien chelou entre les femmes et les tortellini, je vous avoue que je l'avais pas en magasin. Cette histoire de cuisine futuriste se montrait décidément si grotesque qu'elle aurait presque pu prêter à sourire si elle n'avait pas dégouliné de sauce misogyno-xénophobe.

Et si l'Italie à l'heure où je vous parle ne venait pas justement de rallumer la flamme fasciste au briquet Meloni.

Eh bien voilà qui nous raconte une autre histoire de la pasta, me dis-je, la plâtrée de coquillettes soudain serrée contre mon cœur et regrettant vaguement le temps naïf des blagues sur Jospin.

Je regarde mon bol d'un autre œil désormais : ah, ils ont voulu nous enlever les pâtes ? Nous priver de tagliatelles ? Nous déshériter de la lasagne ? Nous spolier de la farfalle ? Nous déposséder de la coquill – oui bon vous avez compris.

Ah, les pâtes, c'est l'amour des femmes, les pâtes, c'est l'ennemi de l'obsession coïtale possessivo-viriliste ?

Voilà qui me réconcilie intérieurement avec mon déjeuner raté. Cette histoire de temps de cuisson, c'est peccadilles et bagatelles maintenant que je sais comme nous l'avons échappé belle : la pasta a failli nous échapper mais la pasta a tenu bon, survécu au siècle de Pas-la-lumière-à-tous-les-étages. Quel soulagement. C'est l'amour qui gagne. L'amour et les coquillettes.

Émue par la tournure des événements, je décide de prendre en photo ce qu'il me reste de coquillettes ramollos pour l'envoyer à mon beau-frère avec trois émojis qui pleurent. Voyez-vous, j'aime bien utiliser l'émoji qui pleure pour me plaindre que j'ai foiré un truc. J'aime aussi beaucoup mon beau-frère, mais il s'avère que nous entretenons une tension latente et ancestrale autour d'un point unique : la cuisson des pâtes. Car ce gros malin là est un adepte de la team *al dente*, alors que j'entretiens personnellement une peur gigantesque de cette expression, parce qu'il y a le mot « dent » dedans, sans doute parce que la pâte *al dente* doit se faire croquante *sous la dent*, mais ça me donne l'impression que je vais manger de la pâte à dents ou plus précisément du dentifrice, et j'ai beau adorer mon beau-frère, désolée mais je n'ai pas toujours envie de manger du dentifrice, c'est quand même incroyable qu'il ne comprenne pas ça. Résultat : je surcuis systématiquement les pâtes en famille tandis qu'il retire méthodiquement 3 minutes à chaque temps de cuisson, c'est notre baston historique, le parc à jeux où s'ébroue depuis dix ans ma mauvaise foi cuissonière.

C'est donc un grand geste de paix intrafamiliale que je m'apprête à réaliser : en reconnaissant que j'exagère *peut-être un peu* quant à la surcuisson des coquillettes, en donnant à mon adversaire pastal l'occasion de se moquer de moi avec ma bénédiction, peut-être sauverai-je le prochain Noël, comme dans un de ces téléfilms où l'héroïne quitte finalement son job harassant dans la pub à New York pour ouvrir une boutique de cookies dans son village d'enfance et à la fin tout le monde se réconcilie dans un grand éclat de rire et le petit chien blanc explose d'un ultime wouaf-wouaf, papier cadeau et générique en *Jingle Bells* mineur. Me voici donc affairée à m'imaginer toute auréolée de gloire dans un pull rouge de laine à petits rennes et nommée prix Nobel des coquillettes, voire Ministre de la belle-famille, et à tester le cadrage photo idéal d'un bol de coquillettes froides, quand une nouvelle notification sur mon écran attire mon attention. Je clique.

Non, mais… sérieusement ?

De la Saint-Valentin
et de Fleury-Mérogis

Déjà, en toute honnêteté, il me semblait que tout le monde était d'acc qu'il fallait arrêter avec la Saint-Valentin. Que peut-être le modèle conjugal comme sacrosaint Graal de vie, ça commençait à sentir le fromage oublié. Que c'était toujours chouette, bien sûr, de célébrer l'Amour, celui de son amoureuse, d'un ami cher, de son chien baveux, de sa petite sœur : l'amour, évidemment que c'est chouette. Mais qu'il était peut-être temps de célébrer l'amour peu-importe-le-jour-du-calendrier-et-la-situation-maritale, sans qu'il s'agisse impérativement d'un dîner aux chandelles en tête à tête de 20 heures à 22 h 30 avec un menu champagne-levrette obligatoire à 90 boules.

Sans compter que je me coltine cette pub dans ma boîte mail un mardi matin, tout ça parce que j'ai eu le malheur de réserver dans ce resto un repas de pas-du-tout Saint-Valentin dix-huit mois plus tôt, et d'avoir réservé par mail car parler au téléphone me file des angoisses de mort imminente, et si vous pensez que j'exagère, essayez un peu de m'appeler pour voir.

Tout occupée à me bougonner ça intérieurement, mon œil vagabonde sur le menu, et tombe sur l'intitulé du plat : dos de biche. DOS DE QUOI ? Flippez pas, je ne vais pas me lancer tout de suite dans une diatribe végétarienne, je garde ça pour une autre fois. Mais comment ça, de biche ?? J'ai bien conscience que ce n'est techniquement pas pire que de la vache, je suis entièrement d'accord avec ça et, perso, j'ai arrêté de manger de la vache en 1999, mais tout de même, quel marketeux de la restauration événementielle s'est dit : «Tiens, dis-donc Jean-Marc, pour la Saint-Valentin, ça te dit de leur faire manger DE LA MAMAN DE BAMBI ? » Autant des fois je me dis que c'est seulement dans ma tête que c'est le boxon, autant, désolée mais là, c'est gravé dans TOUT l'imaginaire collectif de TOUT LE MONDE qu'une biche, c'est une maman de Bambi, c'est-à-dire le Trauma Originel de trois, quatre ou cinq générations.

Le dessin animé de Walt Disney est sorti en 1942, donc même si vous n'avez pas vu le film, il y a d'immenses chances pour que vous sachiez qu'au début de l'histoire le petit faon Bambi voit sa maman tuée par les chasseurs, que la maman de Bambi est une biche, et que par conséquent toute biche incarne désormais aux yeux du monde la maman de Bambi. Et qu'il vous semble de ce fait pour le moins incongru de proposer de la BICHE MORTE À LA SAINT-VALENTIN.

Voilà ce que je rouspète, le nez dans la fin de mes coquillettes et la main grasse sur la souris. Car au risque de vous en mettre plein la vue, je suis cap de checker mes sources tout en rouspétant. Multitâche.

En cherchant la date de sortie de *Bambi*, j'apprends que de nombreux chasseurs se sont opposés à ce film, qu'ils considéraient comme une puissante œuvre de propagande anti-chasse : il semblerait que la première mondiale prévue dans le Maine en 1942 ait finalement été annulée par le gouverneur de l'État à cause de l'opposition des chasseurs.

Sur le fond, ils n'avaient pas tort : *Bambi* était un efficace message anti-chasse.

Et visiblement, il l'est toujours.

En 2018, un certain David Berry et sa famille sont accusés d'avoir réalisé un braconnage intensif dans le Missouri. Berry aurait tué des centaines de cerfs et de biches sur une période de trois ans, et ce de façon totalement illégale, de nuit, dans le but de faire des trophées avec les têtes. Les shérifs du coin enquêtent donc sur ce braconnage, et, finalement, le braconnier est attrapé et condamné à un an de prison. Mais ce n'est pas tout. Il est aussi condamné à... regarder le *Bambi* de Disney au moins une fois par mois pendant son incarcération.

Au passage, dans une interview du shérif Brad DeLay de la prison de Lawrence County, où est enfermé David Berry,

ledit Brad se dit pas mal embarrassé par cette condamnation, rapport au fait qu'il ne voit pas comment ils vont projeter *Bambi* aussi souvent alors qu'ils n'ont qu'une seule salle de vie pour 52 détenus. Outch, tarte salée de réalité dans nos faces. Car se soucier du sort des animaux, c'est entièrement juste. Mais se soucier des conditions de vie des personnes détenues aussi, et là… y a pas grand monde sur le pont. Peut-être faudrait-il faire visionner aux Assemblées nationales d'ici et d'ailleurs de jolis films d'animation sur la surpopulation carcérale ? Un *Bambi à Fleury-Mérogis* avec des Panpan à douze dans une cellule pour huit et une seule chiotte cassée. J'offre l'idée aux studios Disney, en plus, si tu cales une petite histoire d'évasion tu peux replacer « Libérée délivrée », donc pouf, économique.

J'ai la rouspète acide, oui. Mais multitâche toujours.

En cherchant d'autres informations sur la symbolique de *Bambi*, je repense à cette info qui gisait probablement quelque part au fond de ma Mémoire-Inutile. (Mais si, vous savez, la Mémoire-Inutile, celle qui se souvient de l'adresse de Sébastien Patignon en CE1 mais pas du code secret de la Banque postale.)

L'info, c'est que Bambi était un des surnoms de Michael Jackson. Je décide sur le champ de chercher pourquoi donc et, bien sûr, je me claque un ramassis de sous-papiers sur le thème *Blablaaa Michael Jackson grand enfant blabla syndrome de Peter Pan blabla Neverland bla Disney bla Bambi.*

Ah, oui.

Les années 1990 furent un océan de déni concernant les agissements pédocriminels de Jackson, un joli déni enrubanné, bien empaqueté dans du papier de soie avec écrit « mais-c'est-un-éternel-enfaaaant ». Depuis, les témoignages glaçants sur le comportement du chanteur ont rendu ce genre de storytelling insupportable.

Je me cogne ces papiers, les yeux au ciel, ce qui n'est pas facile pour lire. Quelle torchonnerie. Et une autre anecdote sur Jackson me revient soudain en mémoire. Dans le livre de Maggie Nelson *Les Argonautes*, l'autrice évoque l'*Argo*. L'*Argo*, c'est le bateau des Argonautes, avouez que jusqu'ici, ça se tient. Bon, les Argonautes, c'est, dans la mythologie grecque, les copains de Jason qui embarquent pour retrouver la Toison d'or. Dans la mythologie, la Toison d'or c'est la toison d'un bélier, de la laine de mouton quoi, sauf que celle-ci est en or, et que l'or, c'est déjà drôlement couru à l'époque. Pour des raisons aussi compliquées que stupides survient une histoire de quête de ladite Toison, quête que les 80 comparses de Jason vont mener à bord de leur navire, l'*Argo*.

Évidemment, comme c'est un périple tout plein de péripéties, le bateau se fait souvent dézinguer la tronche, puis reconstruire régulièrement, mais sans changer de nom. (En tout cas c'est ce que j'ai compris, j'y étais pas.)

Par conséquent, même si ce n'est plus matériellement le même bateau, c'est toujours le même bateau. Et l'autrice d'évoquer en écho un fait étrange plus proche de nous : Michael Jackson aurait eu un chimpanzé, baptisé « Bubbles », qu'il aurait acheté lorsque l'animal était tout petit. Une fois Bubbles devenu adulte, Jackson s'en serait séparé et l'aurait remplacé par un autre, également appelé… Bubbles. Un *Argo* moderne et vivant. Et poilu.

Ni une ni deux, me voilà partie à la recherche de plus d'informations, de quoi nourrir ma rouspète, pressens-je.

J'apprends que Jackson a effectivement et parfaitement publiquement "adopté" un chimpanzé de 8 mois nommé Bubbles. L'animal est alors tout à fait connu du public et part avec le chanteur en tournée, son maître l'exhibe régulièrement vêtu comme un humain-enfant. Sur une vidéo de 1987, le chimpanzé est habillé, assis à table avec Jackson, en train de boire un thé avec le maire d'Osaka au Japon. Lors de son procès de 2005, Jackson évoquera fièrement le fait que son chimpanzé utilisait les mêmes toilettes que lui et précisera également que l'animal se servait carrément de couverts à table – à ce même procès, le personnel de ménage témoigne surtout du fait de devoir nettoyer la crotte que l'animal jette sur les murs. (À ce stade, je me vois dans l'obligation de préciser s'il restait un doute que les animaux sauvages ne doivent PAS vivre ainsi, et que ça n'a rien de mignon, merci-bonsoir.) Mais tout est pardonné à la star, puisque rappelez-vous c'est-un-grand-enfant. (Et mes tampax c'est du poulet.)

Toujours est-il que vient l'heure où Bubbles est un chimpanzé qui a bien grandi, qu'il commence à se montrer agressif, et que ça devient compliqué de le garder dans une baraque, fût-elle immense, fût-elle Neverland, et que tout ça est tout à fait logique puisque je vous rappelle que le singe est un animal sauvage, au cas où ça vous serait sorti de la tête.

Jackson s'en sépare. Et achète effectivement deux nouveaux bébés chimpanzés, du nom de Max et Action. Mais la star n'annonce pas avoir adopté ces deux nouveaux animaux, si bien que le public pense en voyant un chimpanzé à ses côtés qu'il s'agit toujours de l'éternel Bubbles. Est-ce intentionnellement que le chanteur a laissé ce flou, et donné l'impression de remplacer un bébé Bubbles par un autre bébé Bubbles ? Argo intentionnel ou Argo inconscient ? Aucune idée. Ce qui est sûr, c'est que le singe a ensuite été transféré au ranch californien de Bob Dunn, et qu'il y aurait fait une tentative de suicide en 2003. (Le singe, pas ledit Bob.) Je vous rassure : tout va mieux aujourd'hui et Bubbles est toujours vivant[4].

Il vit désormais au Center for Great Apes, en Floride, un refuge accueillant des chimpanzés et des orangs-outans qui ne sont pas capables de vivre dans la nature après avoir connu la captivité, qu'ils viennent de trafics, de laboratoires, ou aient été exploités par des zoos ou le cinéma. Le site Internet du refuge nous apprend que Bubbles déteste être pris en photo, aime cracher de l'eau, balancer du sable sur les gens pour voir leur réaction et pratique la peinture. (Si, si, le refuge publie des photos de Bubbles en train de peindre, pinceau dans la patte. Des tableaux réalisés par le singe ont été mis en vente aux enchères et vendus 700 € chacun en 2017.)

4 En tout cas, à l'heure où j'écris ces lignes. Donc j'ai bon espoir qu'il soit toujours vivant quand vous les lirez. Après, je suis aussi cette personne qui a conservé son encyclopédie Encarta sur CD-Rom jusqu'en 2008 car « c'est pas trop sûr que ça marche cette histoire de réseau Internet », donc ne comptez pas trop sur moi pour prédire le futur.

Bubbles, au passage, avait déjà mis une patte dans l'art à son corps défendant : Jeff Koons avait réalisé en 1998 une sculpture en taille réelle et en porcelaine de Jackson et son chimpanzé, une réinvention pour l'artiste de la figure de *La Vierge à l'enfant*, avec du doré dedans.

N'ayant absolument pas les moyens d'acquérir les droits de reproduction de l'œuvre en question, nous vous proposons à la place d'admirer cette très belle boîte à outils complète incluant 7 clés à fourche et 3 tournevis plats à tête fraisée, garantie 5 ans.

Heureusement, Bubbles s'est fait des chimpan-potes au refuge.

…

Attendez.

Je réfléchis.

Chimpan-potes.

C'est comme ça que j'avais prévu d'appeler ses potes chimpanzés mais je vois bien que « chimpan-pote » sonne davantage comme une marque de Pom'Potes à la chipolata et que ça vous perturbe. Moi aussi. J'annule. Appelons-les des Copainpanzés.

Non plus ? Bon écoutez, il s'est fait des CAMARADES, voilà.

Et donc son camarade sûr s'appelle Ripley. Et a lui aussi une drôle d'histoire pas drôle. Ripley a été une star du grand et du petit écran, il a notamment joué dans *Seinfeld*. Seulement – et j'ai envie de dire comme d'hab – il devient un jour trop balèze et dangereux pour jouer avec des humains, et il se retrouve dans un minuscule zoo illégal dans le Nebraska, où il vit avec trois autres chimpanzés eux aussi intermittents du spectacle à la retraite. Ça dure deux ans. Un jour, le singe et ses trois compagnons voient une porte restée ouverte et s'échappent. Mais Ripley et ses camarades se font vite courser par le staff. Trois des singes se font tirer dessus et meurent. Quand Ripley voit son petit frère et ses deux amis tués, il court se remettre dans sa cage, s'y enferme de lui-même, et garde ainsi la vie sauve. Un jour ou deux après ça, il est envoyé dans le Missouri chez un éleveur privé qui le veut pour sa semence, mais notre pauvre Ripley se révèle un très mauvais fournisseur de sperme de singe. Il finit donc par être récupéré par le Center for Great Apes où il devient pote avec le Bubbles de Jackson. (Il m'est impossible de ne pas imaginer nos deux chimpanzés accoudés à un bar en fin de soirée, se racontant leurs anecdotes comme des héros de guerre, avant de se siffler cul sec une énième pinte de banane pour oublier.)

Quel coquin de sort ! Quelle pauvre fortune et quelle incroyable destinée que celle de notre chimpanzé, me dis-je alors, car je me parle parfois comme si j'avais bouffé un dictionnaire de synonymes. Alors que je mordille mon crayon d'émotion jusqu'au trognon, mon œil tombe sur un gros message « Adoptez un singe » sur le site du refuge. M'enfin les gars ?!

Je viens de dire à tout le monde qu'il fallait surtout pas faire ça et vous vous me cassez le délire sur le... Non, attendez.

« Adoptez *virtuellement.* »

Ah, ok. Le site annonce qu'un an de soin pour un singe coûte 22 000 $. (Ah oui quand même. Soit l'équivalent de presque 13 000 paquets de coquillettes Monoprix Gourmet qui ne sont pourtant pas le meilleur rapport qualité/prix du marché.) Le refuge propose donc d'adopter symboliquement le singe de notre choix en faisant un don unique de 300 € ou un don mensuel de 25 €. Mais si vous préférez donner des choses concrètes, les singes ont également... leur propre wishlist Amazon. Non je ne déconne pas les ami·es.

Et, OUI, ÉVIDEMMENT je vais vous dire ce qu'il y a dedans.

Des pruneaux humides
et de la poésie capitaliste

Bien sûr, la wishlist est constituée de pas mal de nourriture – des fruits déshydratés, du ketchup, de la moutarde, des penne au blé complet, encore de la moutarde (?), des paquets gigantesques de prunes séchées (les orangs-outans mâles en mangent tous les jours) –, mais aussi de packs de limes à ongles (les singes dans la nature montent davantage aux arbres qu'au refuge, qui doit donc "donner un coup de main" à ses résidents pour compenser, expliquent-ils en note), de rouleaux de papier à ticket de caisse (parfait pour décorer l'environnement lors de chaque anniversaire de singe), tout un tas de rouleaux de papier-cadeau (il semble que déballer des rouleaux de trucs soit définitivement une des activités pref des singes), de seaux, de râteaux, de bassines, mais aussi de chaussettes de toutes les couleurs (du fun en perspective), et même de quoi rendre jaloux pas mal d'entre nous : des lecteurs DVD (le refuge explique que oui, ils passent des films aux singes pendant les longues soirées d'hiver), des postes de radio pour les même raisons, un diffuseur d'huiles essentielles, ainsi qu'un micro-ondes pour rendre les aliments plus mous afin que les singes âgés puissent les mâcher.

Oui, moi aussi mon cœur se pince à cette évocation. Il faut dire qu'à l'instant où j'écris ces lignes, un énième scandale vient d'éclater concernant les Ehpad français qui revendiquent visiblement la maltraitance comme ligne éditoriale, et c'est un sentiment assez étrange que d'entendre parler au même moment du soin apporté à des animaux âgés en refuge et de restrictions de couches pour nos parents en maisons de retraite.

Je ne veux pas dire qu'il faudrait moins bien traiter les chimpanzés (perso je pense leur commander un paquet d'abricots et du papier crépon), je veux dire que c'est dur de lire que nos vieux et nos vieilles sont cent fois moins considérées. Peut-être faudrait-il se remettre d'accord une fois pour toutes sur le fait que tout le monde devrait avoir droit à de la nourriture adaptée à sa dentition, humain·es décati·es compris.

Céréales sans sucre (Pack de 4)

★★★★★

$24.99

Nos singes apprécient la variété de nourriture et adorent ces céréales à faible teneur en sucre !

Priorité : haute | Besoin de : 50

Papier cadeau de Noël - Élégant - Biodégradable (Lot de 6)

★★★★☆

22$99 + livraison

Nous avons besoin d'emballages cadeaux festifs pour emballer tous les cadeaux des singes en périodes de fêtes !

Priorité : haute | Besoin de : 11

Ventilateur sur pied Extreme Power Max Air

★★★★☆

À partir de 229.99$

Besoin de : 1

Oui, oui, c'est la VRAIE liste.

Je grince des dents et de la Rouspète, mais reprends mon inventaire de pas-Prévert : il y a aussi dans la wishlist un projecteur de vagues d'océan (vivement que je me réincarne en chimpanzette), et encore des prunes séchées.

Encore ?!

Je n'avais pas la moindre idée qu'il existait autant de variétés, de marques, et de conditionnements des prunes séchées. Écoutez, je n'ai pas l'impression que nous consommons autant de prunes séchées en France, si ? Enfin principalement en cas de constipation occasionnelle je dirais. Les États-Unis auraient-ils secrètement un problème majeur de constipation occasionnelle ? Serions-nous tombé·es sur un scoop concernant la qualité du transit au pays de tonton Sam et papi Trump ? Je lis consciencieusement le commentaire anglophone d'un client dont le pseudo est « SA », peut-être des initiales pour… euh…

Sam ApaPlu ? (j'ai l'impression d'écrire des noms de personnages pour l'énigme du *Journal de Mickey*, c'est parfait).

Sammy est un consommateur énervé qui titre ainsi sa critique d'octobre 2019 :

SA a commenté un produit

★★★★☆ Achat vérifié
Incroyablement humide, vous payez pour de l'eau

Sam ajoute que :

> Un paquet d'un kilo et demi semblait beaucoup mais elles sont super hydratées, vous payez donc beaucoup d'eau.

Eh oui, visiblement, c'est le cœur du problème.

> J'adore les fruits secs, mais je ne les appellerais en aucun cas secs.

Est-ce qu'ils ne seraient pas trop hydratés, en fin de compte ?

> Ils sont traités avec du sorbate de potassium, comme le dit la description, donc je savais qu'ils seraient plus doux et humides - mais ils sont vraiment humides.

Ah. Et donc je sens que Sam a un peu payé pour de l'eau, c'est ça ?

> Je pourrais les écraser juste avec mon doigt et les transformer en nourriture pour bébé.

Ah non, pardon, pour de la nourriture pour bébé.

> J'ai eu des problèmes avec d'autres marques dans le passé.

J'avais bien senti que Sammy était un consommateur jaloux de ses droits.

> Pour les sécher, je les ai juste mis sur une plaque à pâtisserie et les ai laissés dehors. Espérons que cela fonctionnera avec ceux-ci.

Mon lectorat et moi croisons les doigts.

> Je suppose qu'une fois qu'ils seront secs dans une semaine environ, j'aurai 900 g de fruits secs.

Eh oui, ça fait moins, du coup, je pose la question : est-ce que ça ne nous ne ferait pas payer pour de l'eau ?

> Coté positif : la plupart étaient en bon état, pas cassées et très grosses.

C'est beau joueur de la part de Sammy de reconnaître un point positif je trouve.

> Je ne les rachèterai pas car ce n'est pas comme ça que j'aime mes fruits secs.

AH BON ??

À ce stade, je dois vous avouer une passion secrète pour les commentaires Internet des gens qui se donnent à fond, ceux qui en disent trop. Pas pour me moquer : c'est plutôt que je serais un peu touchée par cette façon maladroite d'en dire un peu plus que ce que le protocole exige.

Ceux qui mettent « 2 étoiles – déception » comme note à une lampe murale, car ils ont acheté cette lampe pour « redonner un coup de frais au salon après le divorce mais ça n'a pas tellement marché car le beige fait plutôt tristoune Je ne recommande pas sauf si c'est le but recherché. (Conseiller funéraire peut-être ou mutuelles dentaires ?) ».

D'accord, celui-là, je l'ai inventé, mais regardons des vrais.

Prenons Louis-Laurent, par exemple. Louis-Laurent est un de nos consommateurs de prune séchée.

LOUIS-LAURENT Vina a commenté un produit

★★☆☆☆ Achat vérifié
Prune fermentée
Aucun commentaire
Avez-vous trouvé ce commentaire utile ?

Eh bien Louis-Laurent qui n'a rien dit sur les prunes (mais les a notées deux étoiles, problème d'humidité là aussi si vous voulez mon avis) ne se prive pas de commenter ses autres achats.

LOUIS-LAURENT Vina a examiné un produit

★★☆☆☆ Achat vérifié
Poupée Vaudou avec aiguilles et instructions de rituel
je n'ai mis que 2 étoiles, je pense que tout le monde n'est pas bilingue en tout cas je ne le suis pas!!!! donc je n'ai pas pu m'en servir déçu !!
Avez-vous trouvé ce commentaire utile ?

Loulou n'a pas pu utiliser le produit car le mode d'emploi était en anglais. D'un autre côté, le produit, c'est une poupée vaudou. Est-ce qu'une poupée vaudou a *réellement* besoin d'un mode d'emploi ?

Vous vous dites peut-être que Loulou est un peu trop dans la négativité ? D'accord.

Mais sachez qu'il bosse dessus.

LOUIS-LAURENT Vina a examiné un produit

★★★★★ Achat vérifié
LA METHODE HAPPY : Reboot de votre logiciel cérébral d'autosabotage et réinstallation d'un système de pensée positive ++
pas de commentaire…
Avez-vous trouvé ce commentaire utile ?

Bim, Loulou a reprogrammé ses pensées en mode positif. Résultat : Loulou a mis 5 étoiles, et rédigé comme commentaire « pas de commentaire ». Si ça c'est pas de la positivité.

Je suis sûre qu'il est possible d'en savoir pas mal sur les gens, rien qu'en lisant leurs commentaires Amazon. N'allez pas croire qu'il n'y a pas parfois de la poésie là-dedans.

Jacques DENIS a examiné un produit

★★★★★ Achat vérifié
Sleepix 80400 - 100 bouchons d'oreilles cire
z'ont l'air très bien
Je n'entends presque plus le ventilo à côté de moi qui tourne en vitesse 3 en 1, en 2 silence la queue du chat balance dans une assiette de faïence
Avez-vous trouvé ce commentaire utile ?

D'après Jacques D., « en 2 silence la queue du chat balance dans une assiette de faïence ». Et ça les ami·es, je n'ai pas la moindre idée de ce que ça signifie, mais ça ressemble vaguement à un haïku, alors pourquoi pas.

Quant à Élodie, j'aime les mots qu'elle invente sans faire exprès :

Élodie a examiné un produit

★★★★★ Achat vérifié
Bouilloire électrique sans fil 7 températures Réglable Maintien au chaud
Ça fait presque le café
Ça bout vite et bien mais avant 22h pour éviter les plaintes pour tatouage nocturne
Avez-vous trouvé ce commentaire utile ?

Les plaintes pour « tatouage nocturne », c'est très joli, non ? Et puis, ce titre, « ça fait presque le café », je sens chez Élodie un brin d'humour, Élodie n'est pas complètement usée par une vie en appartement, malgré un immeuble aux fines parois (dans mes bras ma sœur de murs en carton). Il y a chez Élodie un optimisme doux qui résiste à la vie urbaine. Peut-être qu'Élodie s'entendrait bien avec Louis-Laurent, le reprogrammeur de pensées positives ? Ils pourraient se rencontrer, et ensemble ils trouveraient comment utiliser une poupée vaudou, resteraient positifs face à une bouilloire qui frôle le tatouage nocturne. Peut-être même pourraient-ils emménager dans une maison mieux isolée des voisins ?

S'il y a bien un truc qui m'échappe, c'est pourquoi Amazon ne s'est pas encore lancé dans le site de rencontres. Je veux dire, deux personnes qui ont mis une seule étoile et un commentaire agacé à propos d'un rasoir à peluches pour vêtements n'ont-elles pas davantage en commun que deux inconnu·es qui aiment le-cinéma-et-les-voyages sur Meetic ? (J'ai deux mille ans, je ne sais pas si Meetic existe encore, mais vous voyez l'idée.) Si tant est que ces deux mêmes personnes ont également commenté l'achat d'un distributeur de croquettes (*plastique de mauvaise qualité, les croquettes se bloquent dans le tuyau !!!!*) et fait l'acquisition du livre *Parent célibataire – comment s'organiser ?* en mars 2018, paf, excusez-moi mais il y a match.

Sérieusement, je vous parie 10 dollars qu'Amazon-Rencontres ça va nous tomber sur la gueule. Pas seulement pour le couple, d'ailleurs : au diable les 14 février de la Sainte-Biche, peut-être l'appli proposera-t-elle de s'y choisir une famille de cœur, de tailler le bout de gras avec un autre amateur de pruneaux exigeant, d'envoyer une poupée vaudou à cette inconnue larguée dans le bus 64 ou d'offrir des cadeaux à des enfants même pas sur le livret de famille ?

C'est bien parti pour – si j'en crois les rapports précis que nous livre Nicole1954, qui écrit ceci le 28 janvier 2019 :

NICOLE1954 a examiné un produit

★★★★★ Achat vérifié
Un petit landau très apprécié.
Bonjour,
J'ai offert ce petit landau à ma petite nièce pour Noël et le moins que l'on puisse dire c'est que le Père Noël ne s'est pas trompé en le déposant au pied du sapin.
La petite joue beaucoup avec, ainsi que le petit garçon également en nourrice chez ma nièce une

semaine sur deux. L'article a été facile à monter, il ne manque pas de pièces et il semble solide. Par ailleurs il n'est pas trop encombrant. Du coup je pense acheter la chaise haute assortie pour les 3 ans de la petite. Je suis très contente de mes achats, déjà de par leur qualité, ensuite parce qu'ils font la joie de deux petits enfants.

Cordialement.
Avez-vous trouvé ce commentaire utile ?

Ou encore ceci le 6 mai 2021 :

NICOLE1954 a examiné un produit

★★★★★ Achat vérifié
Jeu indémodable pour les enfants.
Bonjour,

J'ai offert ce jeu pour les anniversaires de mes petites nièces âgées respectivement de 5 ans et de 2 ans. Le moins que l'on puisse dire c'est qu'elles se défoulent et rient de bon cœur à tout faire tomber. J'avais un peu peur que les sacs de fèves soient un peu lourds pour la petite de 2 ans, mais pas du tout. Cerise sur le gâteau, ça fait du bruit et les enfants adorent les jeux bruyants. N'étant pas sur place, je n'ai pas pu juger la solidité ni la légèreté. En tout cas, d'après ce que l'on m'a rapporté, elles sont ravies.

Cordialement.
Avez-vous trouvé ce commentaire utile ?

J'ai lu un paquet de commentaires de Nicole1954, et je peux vous assurer qu'elle envoie des tas de cadeaux à ses petites nièces qui vivent à des centaines de kilomètres, et rédige systématiquement de précis comptes rendus.

Bon, les parents la détestent peut-être un peu (rapport à la bruyance des jeux), mais elle y va de bon coeur. Vous allez me dire que c'est sa famille, certes, mais elle offre aussi des cadeaux aux filles des voisins qui lui ont rendu service. Quant au petit landau devenu l'objet d'une garde partagée, Nicole, ça lui fait plaisir.

Ne voyez aucune moquerie dans ma lecture de Nicole1954. Déjà, une Nicole née en 54 qui trouve ça cool qu'un petit garçon joue au landau, je suis tellement habituée à lire les pire coms Facebook sexisto-racistes par le gratin du Boomeristan réac que, pfiou, ça me respire.

Aussi, parce qu'il pourrait absolument s'agir de ma daronne, du genre à proposer aux voisins d'emmener leurs quatre enfants en week-end au Futuroscope dans sa Clio pour s'excuser d'avoir, une fois, en 1999, fait tourner le sèche-linge en dehors des horaires de bruit autorisés[5].

Et puis, en vérité, à condition de mettre (douloureusement) de côté la surexploitation capitaliste du plastique et de l'humain jetable que représente Amazon, il y a quelque chose de réellement touchant dans l'abnégation que met Nicole à rédiger un compte rendu précis, honnête, et utile. (Il lui arrive d'ailleurs régulièrement de mettre à jour ses commentaires au bout de quelques semaines en fonction de l'usure du produit dans le temps ; non, vraiment, il y a pas grand-chose de fiable dans la vie, le facteur ne sonne jamais pour les colis et l'huile d'olive du resto italien est coupée au tournesol, MAIS : vous pouvez vous fier aux commentaires de Nicole.)

5 Enfin, peut-être. Elle pense que non, mais au cas où, dans le doute…

Et puis, il y a ce petit tic de Nicole qui m'émeut, ce « cordialement » à la fin de chaque commentaire. Ce « cordialement » qui dit « je prends ceci au sérieux », ce « cordialement » qui dit « cette mission du commentaire juste et précis est une tâche dont je m'acquitte avec l'intégrité et la politesse qui me caractérisent ».

Faut dire, il y a que ce « cordialement » est écrit en toutes lettres, aussi.

Depuis une dizaine d'années, à force d'échanges effrénés d'emails, « cordialement » existe aussi et surtout en version courte, en « cdt », ou éventuellement en « cdmt ». En vérité, « cdt » n'a plus grand-chose de la formule de politesse. « Cdt » dit « j'ai pris le temps de taper trois lettres à votre intention et vous n'en méritez pas davantage », « cdt » est presque un bras d'honneur déguisé en formule de politesse, « cdt » n'est pas loin de dire « va te faire cuire le cul mon bon jean-pierre si tu crois que tu mérites autre chose ». Peut-être même s'agit-il de dire que vous êtes teeeeellement busy que vous n'avez pas le temps d'écrire des mots entiers, peut-être est-ce devenu un signe extérieur de succès, si à 50 ans t'as le temps d'écrire « cordialement » en entier t'as raté ta vie.

Une blague récurrente tourne sur Internet là-dessus, une blague de type : « Eh les gens qui écrivez *cdt* à la place de *cordialement*, vous faites quoi de tout ce temps gagné ? » Bonne vanne. Bonne vanne que néanmoins je décide soudain de prendre au pied de la lettre. Un besoin de savoir, une quête de connaissance, que voulez-vous ? Une soif d'apprendre, tout simplement.

Je ne peux pas vivre éternellement de rouspète et d'eau fraîche.

De la recherche du temps perdu
et des week-ends à Prague

Alors ?

Quel temps ça gagne, d'écrire « cdt » plutôt que « cordialement » ? Prenons l'enquête par les cornes.

Une étude relayée par *Le Monde* m'informe que notre vitesse de frappe moyenne est de « 33 mots par minute pour la copie de texte », mais de « 20 mots par minute » s'il s'agit de composition.

Flûte, mon enquête arithmétique commence par un choix délicat. J'hésite un peu et dodeline de la moue face à ce premier dilemme : écrire une formule de politesse à la fin d'un mail relève-t-il de la composition ou de la copie ? À force de dodeliner, j'ai le mal de mer et je tranche pour la composition : après tout, même machinal, il y a de la part de tou·te cadre dynamique d'âge moyen devant son PC et choisissant de taper « cdt » un acte de *composition*. Alors certes, c'est pas *Les misérables*, mais puisqu'il ne s'agit pas d'un texte à recopier, il s'agit d'un texte à inventer.

20 mots par minutes, donc.

Pfiou.

La même étude précise qu'un mot représente en moyenne cinq caractères ou frappes de touche sur ordinateur. Très bien. En 60 secondes, l'internaute lambda tapote donc en moyenne 20 x 5 = 100 caractères, l'enquête avance désormais sans dodelinage – et flippez pas ça va pas durer longtemps cette histoire de chiffres, je vous ai mis la fin en gras si vous voulez.

Le mot « cordialement » en entier est composé de 12 lettres, son diminutif « cdt » de 3 lettres, ce qui nous fait une économie de 9 lettres. Soit 5,4 secondes. Ah tout de même.

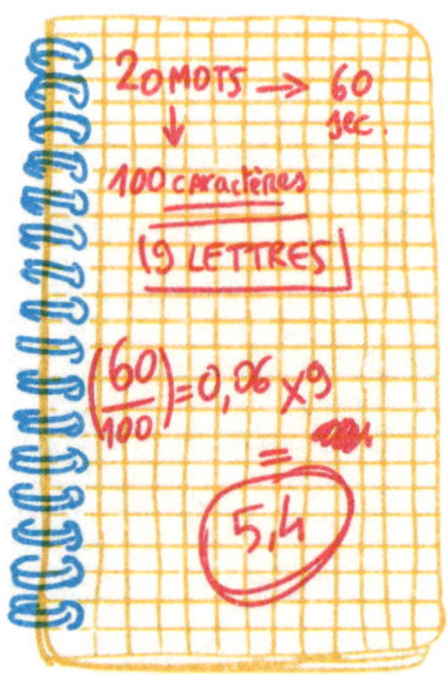

Quelle aventure.

En France, nous apprend une étude de 2021, les salarié·es envoient en moyenne 11 mails chaque jour dans le cadre du travail. Mettons que tous ces emails utilisent notre formule de politesse à prise rapide, notre fast-food du « cordialement », l'économie journalière réalisée par l'usage du « cdt » s'élève à 59,4 secondes par jour.

Petit dodelinement épaté.

Avec un nombre théorique de jours travaillés de 228 par an à temps plein, le total représente une économie de… **3 heures, 45 minutes et 43 secondes annuelles par personne**.

Ah, ça dodeline moins, là ! Ah, ça vous en bouche !

3 heures, 45 minutes et 43 secondes annuelles d'économisées. Reste à espérer que personne au Medef ne tombe sur ce calcul, sinon ça va nous réinventer l'intégrale des formules de politesse en mode start-up-nation-compatible à base de BAV (Bien à vous), BS (Bien sincèrement) et autres WEV (car, je vous jure que c'est vrai, j'ai un jour reçu un « week-endement vôtre » d'un type du boulot qui m'a plus tard expliqué, fier de lui, qu'il s'agissait de saluer le fait que je bossais le week-end, visiblement persuadé du fond de son délire pré-macroniste que je bossais le week-end pour la gloire des Week-endement vôtre quand il s'agissait clairement de mon côté d'obtenir de la CAILLASSE.)

3 heures, 45 minutes et 43 secondes annuelles, bon sang de bonsoir, ce n'est quand même pas rien. Qu'en feriez-vous ?

De mon côté, ce gain vertigineux me renvoyant immédiatement à la difficulté de prendre des décisions aussi importantes, je décide de m'en remettre à mon oracle personnel : Google.

Que faire de trois heures gagnées ?

Et là, miracle !

Le moteur de recherche m'emmène fissa sur un blog qui présente un bouquin intitulé *Gagner trois ans en trois heures*. Yeaahaa, j'ai l'impression d'avoir gagné en Bourse ou au casino, d'avoir multiplié les pains christiques, d'avoir planté les pépins de mon quart-de-pastèque Leclerc et obtenu un pastèquier (?) (j'ai grandi en région parisienne), bref, je nage dans la certitude d'avoir incroyablement gagné au change, comme si le génie de la lampe me répondait « D'accord, j'accepte ton vœu d'obtenir 30 vœux plutôt que 3 vœux, j'avoue que c'est drôlement malin et que personne n'y avait pensé avant ! », je suis en mode T'ENTENDS ÇA, ALADIN, TU PEUX ALLER TE GRATTER LE RÊVE BLEU, MOI JE PLANE.

Pas longtemps.

Sous le titre du livre qui m'a fait saliver du petit pain figure le sous-titre *Les Secrets du manager qui a toujours un temps d'avance*, et je sens bien que ce « les secrets du manager qui a toujours un temps d'avance » va nous casser un peu le délire, et qu'il va falloir, euphorie passée, regarder la promesse des trois ans de plus près. Je tombe de mon tapis volant, boum, aïe, Doliprane.

Patatras, même. En réalité, l'auteur que j'ai un peu rapidement considéré comme le Grand Prophète de la multiplication des Heures s'adresse « à tous les managers qui veulent donner un nouvel élan à leur carrière ». C'est cet « élan de carrière » du manager qu'il considère comme trois ans de gagnés, et force est de constater que même en retournant mon CV dans tous les sens, j'ai tenté pas mal de jobs, distribué des échantillons de sacs poubelle en combi rose pétant, écrit des livres sur les poils pubiens, animé la caravane Nescafé du Tour de France et joué le rôle de Poupou le chien un peu foufou dans un théâtre de 18 places, mais « manager », ça non. Quant à ma carrière, elle me semble parfaitement résumée par ce texto trimestriel de ma mère : « Ah bon mais ça rapporte de l'argent, ça ? »

Je me suis emballée. Le livre ne promet rien d'autre que des astuces managériales. Je peux me ranger mes trois ans de gagnés dans le slip.

Agacée par l'écrivain-marketeux qui m'a grossièrement appâtée, et chaussant ma mauvaise foi sans vergogne, je jette un œil à ses autres publications, et constate que l'auteur est coutumier du fait : il vient de préfacer un ouvrage intitulé *All you need is Love* (Ah, l'amour, voilà qui me plaît !!), seulement LOVE y est en réalité l'acronyme de *Live the Oblique Vision Experience*. Et la vision oblique, qu'est-ce que c'est, Jamy ? Eh bien c'est une méthode de créativité et de réorientation des politiques de création de l'offre !

...

Je ne crois pas qu'il existe une chose en ce bas monde qui m'intéresse moins que le bullshit de marketeux. J'ai bien entamé un BTS de marketing en 2005, mais je peux vous dire que je saurai faire pousser des pastèquiers avant de le finir.

Je jette un œil au blog de notre écrivain-lover. Son dernier article en date n'évoque pas son propre ouvrage mais le livre d'une certaine Julia de Funès. À l'évocation de ce nom, le petit chien en vous remue de la queue, je sais, mais vous pouvez vous remballer le gendarme. Car il s'avère vite que ça ne sent pas des masses la rigolade, et que Julia de Funès est une ancienne chasseuse de têtes devenue philosophe-conférencière spécialiste du monde de l'entreprise.

Sur son blog, notre camarade marketeux commente des extraits du dernier livre de Julia de Funès. L'autrice se penche sur la pratique du brainstorming, une activité qu'elle semble conchier vigoureusement, puisqu'elle la qualifie de « tornade de papier fluo et rafale de généralités ». (Paf dans ta face.)

Quelques secondes plus tard, j'écarquille les yeux face à l'ordinateur qui vient de me révéler un truc épatant.

J'ai toujours cru que *brainstorm* signifiait « tempête de cerveau » et il est fort probable que vous aussi. Logique, non seulement c'est la traduction littérale, mais qui plus est, l'idée étant de faire voler énergiquement les idées : ça porte archi bien son nom[6].

Mais je découvre que tout le monde se goure sévère. Vous, moi, et Julia aussi.

6 D'ailleurs, Julia de Funès elle-même se sert du nom pour dézinguer encore un peu le procédé. Elle dit dans son essai *Socrate au pays des process* (Flammarion, 2017) : « Le brainstorming, de l'anglais *brain* (cerveau) et *storm* (l'orage), est cette tempête soudaine et changeante donnant l'impression – l'illusion – de penser. » Ah oui, elle aime pas.

Storm, en anglais, ne signifie pas « tempête ». Enfin si, mais pas que. *Storm*, c'est aussi un assaut militaire. C'est même sous nos yeux depuis le début, enfin depuis un moment, avec les Stormtroopers de *Star Wars*. Le nom de ces personnages est d'ailleurs intentionnellement inspiré des soldats allemands, des Sturmtruppen de la Première Guerre mondiale et de leurs successeurs nazis de la SturmAbteilung, en français Section d'assaut, ces fameux SA qui joueront un rôle important dans l'accession au pouvoir d'Hitler, et seront remplacés à leur tour par les SS.

Je vous laisse deux secondes pour relire la dernière phrase et vous remettre du lien entre les nazis et les réunions à post-it, là, je sens que c'est allé un peu vite pour votre cœur. Inspirez-Expirez.

Même Julia de Funès qui évoque l'inspiration militaire du brainstorm, semble être passée à côté de sa présence à l'intérieur même du mot. Pourtant, c'est Osborne lui-même, l'inventeur du mot « brainstorm » qui dit dans les années 1940 : « Brainstorm means using the brain to storm a creative problem » (Brainstormer signifie utiliser le cerveau pour s'attaquer à un problème), et ajoute « in commando fashion, each stormer audaciously attacking the same objective » (à la façon d'un commando, où chaque assaillant attaquerait le même objectif).

La fierté d'avoir découvert que l'origine du brainstorm était liée à la tactique du commando dure quelques secondes dans mon cœur. Rapidement ombragée du petit nuage que constitue la pensée suivante : « Je n'ai pas la MOINDRE idée d'en quoi consiste la pratique du commando. » Jusque-là, j'ai parfaitement bien vécu dans cette ignorance mais peut-être est-il temps de m'y pencher ?

Alors, j'appelle l'oracle.

Commando

Mais l'oracle, décidément, au temps du capitalisme éhonté, semble avoir surtout envie de me vendre des trucs et me propose rapidement un stage commando au fort de Comboire près de Villard-de-Lans.

Au programme : parcours du combattant, techniques d'exfiltration avec un brancard, bivouac avec l'encadrant, sports d'endurance et exercices de tir de paintball.

(Peu de choses au monde me font moins rêver que ce stage, les ami·es. En comparaison, la perspective de reprendre mes études de marketing m'enjaille vigoureusement, pour vous dire.)

Chouette nouvelle au passage : le stage commando peut s'offrir.

(Que le premier qui m'offre un stage commando à Villard-de-Lans se ronge les couilles en brochette jusqu'à la fin de ses jours.)

Et côté cadeau, le site a même des suggestions à nous faire : puisque le stage n'est assuré qu'à partir de 6 personnes, l'idéal est de réserver pour des groupes, par exemple dans le cadre d'un séminaire d'entreprise.

(HAHAHAHAAH, imaginez que, non content·e de supporter au quotidien votre manager-brainstormer qui réinvente la vision oblique de mon derche, vous deviez EN PLUS lui fabriquer un brancard en fougère, pour l'exfiltrer d'une forêt en carton reconstituée sur le parking d'Auchan dans votre short camouflage brodé aux couleurs de la boîte, le tout un DIMANCHE, comme précisé sur le mail de convocation qui finissait par WEEK-ENDEMENT VÔTRE.)

Mieux encore : le site suggère de s'offrir un stage commando pour un EVJF ou EVG, soit un enterrement de vie de célibataire.

(C'est-à-dire vos potes qui se disent *tiens, pour leur faire plaisir, privons-les de bouffe et de sommeil, quelle meilleure façon de célébrer l'amour que ces deux-là se portent que de les emmener se fabriquer des SHORTS EN FOUGÈRE UN DIMANCHE.*)

Je dois avouer ne détenir qu'une maigre expérience en EVJF, peut-être parce que j'ai peu d'amies, peut-être parce que DÉSOLÉE mais l'idée de dire adieu à ta vie d'avant en te mariant me paraît un GROS RED FLAG, genre *ah tu kiffais sortir le mardi soir au Macumba et manger des coquillettes en pyjama à 16 heures le dimanche eh bien c'est FINI, cette vie-là est ENTERRÉE*, ou peut-être que je ne suis pas invitée aux EVJF parce que tout le monde se dit que je vais péter l'ambiance avec mes histoires de coquillettes.

Je me demande soudain de quand ça date, cette histoire d'enterrement de vie de jeune fille, enfin depuis quand c'est arrivé en France – il ne me semble pas que ça existait quand j'étais enfant, par exemple. (Ou les femmes autour de moi étaient-elles simplement aussi des casseuses-d'ambiance-à-coquillettes ?)

J'ignore qui a réussi à introduire ça, mais c'est du grand art : le machin a mieux pris en France qu'Halloween. Alors qu'Halloween consiste à avoir le droit de s'habiller chelou et de s'empiffrer de sucre (miam), les EVJF consistent à envoyer des messages passifs-agressifs dans un groupe WhatsApp d'inconnu·es qui veulent passer le week-end à Prague-parce-que-c'est-le-nouvel-Ibiza dans un autocar comme ça c'est hyper pratique pour dormir. (Parle pour toi Germaine, personnellement j'ai pas fait une nuit complète depuis Chirac, si tu crois que c'est dans un bus rempli de quadras ronflant leur prosecco tiédasse que je vais roupiller, tu te fourres le doigt dans le frululu.)

Enfin, non, vraiment, mon taux de Rouspète dans le sang remonte à dix mille avec cette histoire d'autocar : le succès des bachelor·ette party, ça n'est PAS logique à mes yeux.

Je cherche donc sur qui faire fondre ma colère.

Dans un livre sur le sujet, j'apprends que l'enterrement de vie de célibataire a longtemps été l'apanage des hommes. Apparu au XVIIIe siècle, il consistait surtout à se torcher la gueule avant de faire appel aux services d'une prostituée. L'ouvrage précise que les femmes ont dû attendre les années 1970, mais n'ajoute rien sur l'histoire du procédé, ni comment il a pris ses quartiers chez nous à la place d'Halloween. Heureusement, Wikipédia-mon-amour me met sur une autre piste : les enterrements de vie de célibataire auraient eu un ancêtre dans la culture française.

Et cet ancêtre se nomme : charivari.

Du feu au cul
et de mardi gras

En creusant cette histoire de charivari, j'en apprends de bien bonnes dont je vais vous résumer ici l'essentiel, en faisant mine que je le savais déjà car je suis si cultivée, alors que pas du tout.

Figurez-vous qu'un charivari était un rituel occidental qui consistait en un cortège très bruyant, du genre je te tape sur des casseroles et je te fais chauffer la crécelle, histoire de faire un chahut bien moche. Mais vraiment moche de chez Monsieur Moche.

Exprès.

Parce que l'idée, c'était de faire le contraire de la musique d'église, de parodier les rituels jolis avec un tapage tout à fait discordant c'est-à-dire : moche. Mais ENFIN POUR-

QUOI DONC, me direz-vous ? Bah, déjà, vous excitez pas comme ça SVP, je suis pas venue là pour me faire engueuler en caps lock. En fait, le charivari se mettait souvent en place dans un village quand la communauté désapprouvait un mariage mal assorti[7]. Par exemple, celui d'un homme âgé avec une femme très jeune, ou celui d'une veuve trop vite remariée (enfin, *considérée comme trop vite remariée*, c'est bien les gonzesses, ça, toujours là à vous brandir l'audace de vouloir disposer de leur vie, pfiiii).

Le charivari pouvait durer longtemps, et pour y mettre fin, il fallait que les personnes mises en cause ou leur famille acceptent de verser quelques pièces ou de payer à boire au village, comme une sorte de dédommagement à la morale. Il leur fallait parfois aussi « courir l'âne », ce qui signifie monter à deux sur un âne, la femme dans le bon sens et l'homme à l'envers, lui tourné vers les fesses de la pauvre bête et tenant à la main la queue de l'animal, le tout sous les huées du village. (Ouais, charmant.) Une fois ces rituels accomplis, le calme pouvait revenir. Autant vous dire que c'était tout de même un sacré tumulte, et que globalement tout ce qui est tumulte, les autorités n'aiment pas ça du tout.

Le folkoriste Jean-François Bladé, (de son nom d'usage Zéphyrin Bladé, que j'emploierai car vachement plus joli) raconte avoir assisté enfant à une forme de charivari. Nous sommes dans les années 1830 en Gascogne, et voilà ce que Zéphyrin raconte. Un jour, au village, un épicier est battu par sa femme, « avec

7 Figurez-vous d'ailleurs que ce rituel a perduré – à l'heure où ce livre part à l'impression fleurissent des concerts de casseroles en opposition à la scélérate réforme des retraites d'Emmanuel Macron.

la circonstance aggravante de publicité », c'est-à-dire que c'est pire car c'est devant tout le monde. Or les soûlards du bar d'à côté, ça, ça les met salement en rogne. Pourquoi ? Eh bien, ce qui est réprouvé ici n'est pas la violence elle-même mais… le fait qu'un homme soit battu *par une femme*. Humiliant parce que les hommes sont des êtres puissants qui subissent ici les attaques d'êtres faibles (ça c'est nous, coucou). Grosse ambiance.

Les gars du PMU sont donc très fâchés, ou comme dit plus joliment notre Zéphyrin poète, les voilà « ivres de vin blanc et d'un légitime courroux ». Ils envoient donc un émissaire officiel demander solennellement au couple s'ils promettent de courir l'âne au prochain mardi gras. S'ils acceptent, ce sera mini-charivari le soir même pour le principe, pis course à l'âne à mardi gras et ce sera plié.

A priori, c'est un bon deal.

Sauf que notre épicier refuse de reconnaître la légitimité de cette demande et envoie bouler l'émissaire. Alors, ni une ni deux, les villageois décrètent que puisque c'est comme ça, le charivari sera quotidien et intense, et roule ma poule. La nourrice de notre Zéphy compose d'urgence une chanson, et tout le monde se met à taper sur à peu près tout sauf sur des bambous. Mais vraiment, tout y passe : des conques marines, des chaudrons fêlés, des cornes, et notre petit narrateur, lui, tape sur un arrosoir en ferraille crevé offert par sa nourrice pour l'occasion. Vacarme, tintouin, tumulte et boules Quiès pas encore inventées.

Bien sûr, au bout d'un moment, tout ça commence à bien faire pour le sous-préfet qui envoie sa meilleure flicaille devant chez les mariés, avec des sabres laser ou presque, c'est-à-dire des sabres sans laser mais avouez que ça sonnait mieux. Mais les gendarmes n'ont guère d'autorité et laissent finalement le charivari durer jusqu'au mardi gras. Notre narrateur enfant, lui, mène le cortège d'une douzaine d'autres gosses « barbouillés de suie, coiffés de cornes de bélier, avec un collier de pattes de dindons, et la poêle traditionnelle, où cuisent les âmes réprouvées ». (Pensez tout de même à mettre un morceau de beurre pour pas que ça accroche quand vous faites cuire une âme.) Tous les cent pas, le cortège fait une halte et tournoie au bruit de la chanson charivarique, ce qui fait que, perso, je m'imagine le truc comme un mélange entre une manif et une macarena, avec un supplément bourricot.

Sûr qu'en comparaison, le week-end à Prague, ça semble pas si terrible.

Fascinée par cette découverte, je referme le livre de Zéphyrin avec un peu de fierté dans le cœur et la macarena dans la tête. Et, décidant bien sûr d'en savoir davantage sur cette fracassante coutume, je tombe sur le plus célèbre des charivaris, connu sous le nom de « Bal des ardents » et pas piqué des hannetons.

Notez qu'au passage, j'aurais bien voulu connaître votre position sur l'expression « pas piqué des hannetons ». Et sur toutes celles à base d'insectes. Je m'imagine tout à fait toquer à votre porte et *Bonjouuuur, avez-vous quelques minutes à accorder à Notre-Seigneur-Le-Problème-des-Expressions-avec-des-Insectes ?* Comment ça NON, MERCI ? Ah ça vous passe au-dessus, les insectes ? Ça vous empêche pas de roupiller ? Ahhhh ok, nan mais très bien, continuez de crâner avec votre vie saine et votre cerveau fonctionnel.

Un doute m'assaille. Peut-être n'avez-vous pas été traumatisé·e par les expressions d'insectes, vous ? Auquel cas il me faut immédiatement y remédier.

Imaginez. Voilà une trentaine d'années que vous baguenaudez tranquille, à balancer naïvement à votre grand-mère, votre gastro-entérologue, votre DRH ou votre classe de terminale B que telle ou telle info vous a *mis la puce à l'oreille*. Baguenaudi, baguenauda, tout va bien.

Quand SOUDAIN.

Vous apprenez que cette expression n'est pas tout à fait celle que vous croyiez. Car l'oreille, d'une part, a fait office autour du XVIe siècle de symbole sexuel : le conduit auditif était une métaphore du vagin. (Parce qu'il s'agit d'un orifice, oui. Il ne leur en fallait pas beaucoup, non.)

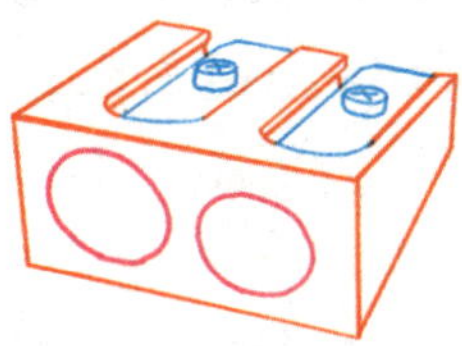

La vue d'un taille-crayon devait les mettre dans tous leurs états, en effet.

Mais ce n'est pas tout, dans l'Ancien Régime, il était de bon ton de voir du cul dans plein de trucs chelous tels que… *tagadam, tagadam, courage, voilà que nous arrivons au rayon insectes* : LES PUCES.

Si. La puce a la grosse hype dans l'érotisme des XVIe et XVIIe siècles. Parce qu'elle s'accroche au corps et suce la peau. Enfin *certaines* peaux car les puces c'est, paraît-il, davantage sur les corps des femmes qu'elles se baladent. (Probablement parce que n'oubliez pas qu'une femme c'est généralement un peu sale, cycliquement impur, et toujours vaguement sorcière.) Bref, la puce se classe X.

Dans un poème de l'époque, un prétendant inspiré s'exclame « Plût à Dieu que je pusse / Seulement devenir une puce ! » (Wow, et pourquoi donc, jean-pierre ? Eh bien disons qu'il y a une histoire de poitrine et de rime en *suce* que je vous épargne.) Et d'en retartiner une couche plus loin : car si Zeus se transformait en cygne ou en taureau pour ““““ séduire[8]”””” des femmes, notre poète projette quant à lui de « se faire puce » pour parvenir à ses fins.

…

MAIS JE SAIS PAS, LÂCHEZ-NOUS, NAN ??

Cette impression de recevoir une tentative de sexto de Benoît du marketing à base de « je voudrais être un morpion entre tes cuisses » me fait soudain trembler de dégoût et revenir à nos ~~morp~~ moutons.

Car sachant tout ça, personne ne s'étonnera d'apprendre que l'expression « avoir la puce à l'oreille » signifiait à l'origine « avoir le feu au frululu ». Et que par conséquent, votre grand-mère, votre DRH, votre classe de terminale B : tout défile maintenant devant vos yeux immensément gênés.

8 Violer, en fait.

Comprenez désormais ma méfiance à l'égard de la moindre expression insectophile, et laissez-moi vous raconter le plus célèbre des charivaris, connu sous le nom de « Bal des ardents » et pas piqué des hannetons, donc. (Brrrr.)

Nous sommes à la fin du XIVe siècle et le roi de France est un certain Charles VI, qui hérite de la couronne à 12 ans alors qu'il aurait préféré une Playstation comme tout le monde. Charles est alors empêché de régner par ses oncles, jusqu'à l'âge de 20 ans où il parvient à se débarrasser de cette régence imposée et c'est parti mon kiki. Et là, tout va super bien se passer.

Je déconne, c'est les rois de France, pas *Oui-Oui à la plage*.

Un jour de 1392, alors que tombe un trousseau de clés, Charles croit entendre dans ce cliquetis le son de ses propres chevaliers en train de le trahir et se met aussitôt à buter à l'épée ses camarades, avant d'être désarmé de force. Bilan : quatre morts. Le roi est finalement calmé, puis renvoyé dans un char à bœufs en direction de son château, avec arrêt de travail et mission de se reposer. Mais Charles refait régulièrement des crises impressionnantes et ses anciens régents en profitent pour reprendre le pouvoir, évidemment, ces gros malins.

À la Cour, personne ne comprend les problèmes de santé mentale du roi (giga-étonnant vu qu'un bon six cents ans plus tard les questions psys sont toujours allègrement méprisées), et forcément, ça commence à parler d'empoisonnement et de sorcellerie (tiens, encore un coup des bonnes femmes ?). Le médecin royal tente de le soigner, mais finit par se barrer de Paris parce qu'il a son propre décès sur le feu. Il laisse quand même comme consigne aux courtisans de faire en sorte que le roi soit tenu éloigné de ce qui pourrait l'énerver ou l'inquiéter. Mieux encore, il ajoute que « plaisir, gâteries, divertissements, lui seront plus profitables qu'autre chose ».

L'ordonnance est prise au sérieux par les proches de Charles, et la cour se met à inventer toute sortes de trucs divertissants. Parmi lesquels les tenues d'Isabeau et de sa belle-sœur Valentina, qui revêtent des méga-robes à bijoux, à franges, et à tout plein de tralalas et se déguisent en princesse Leia. Enfin presque, disons qu'elles se font faire de longues tresses enroulées dans de grands cônes et recouvertes de hennins, c'est-à-dire qu'il faut imaginer une double licorne avec un bonnet de piscine. Et ça prend de la place, leur truc, au point que le bruit court qu'il fallut agrandir les portes pour qu'elles puissent passer.

Le peuple trouve globalement ces carabistouilles excessives, mais témoigne de l'affection au jeune roi, baptisé alors Charles le Bien-Aimé (avant que son surnom ne devienne Charles le Fou, sans trop-trop de surprise). Ce qui énerve le peuple en revanche, ce sont les dépenses faites par la reine, d'autant plus qu'elle est une étrangère de Bavière donc berk. Quant aux régents, ils sont bien contents que toute la petite cour soit occupée à donner des mascarades au roi, puisque pendant ce temps-là, les souris dansent.

Mais tout ceci va terriblement mal tourner. (Enfin pour Charles, c'était déjà moyen la fête, notez bien.) En 1393, une des demoiselles d'honneur de la reine Isabeau a l'outrecuidance de se remarier. Et là, à l'occasion de ce remariage, la Cour organise un… un… CHARIVARI !

AH BAH QUAND MÊME. (Je sais.)

C'est l'occasion de faire d'une pierre deux coups, et d'organiser un événement festif qui servira à deux choses. D'une part, il fera office de charivari pour les noces, car il s'agit du troisième remariage de la dame, donc même si elle est veuve, ça reste une sorte de sacrilège pour la communauté qui tient pour la peine à l'humilier un peu, c'est comme ça, c'est le protocole (Yeay). Et d'autre part, la fête divertira le roi qui en a bien besoin, voire servira un peu d'exorcisme, parce que pourquoi pas. Et donc paf, une fête, deux objectifs, bien vu Lulu, y en a là-dedans.

Rappelez-vous : l'idée d'un charivari, c'est que ça parte en déguisements, cymbales, désordre, tambours, trompettes et tsouin-tsouin. Alors, sur une idée d'un type prénommé Hugonin (pas de bol), il est décidé que le roi et cinq de ses compagnons, pour animer la fête, se déguiseront en « hommes sauvages ». Cette figure du "sauvage" est alors la métaphore d'une créature isolée de Dieu, dépourvue d'âme et généralement représentée archi-pourvue de poils, rapport à sa bestialité de lutin quasi démoniaque, rapport au fait que ne pas croire en Dieu c'est PAS NORMAL OK ?!

Donc c'est parti pour l'atelier couture des déguisements, et quand même, c'est pas la kermesse de la maternelle Jules-Ferry, c'est le roi de France et ses potes, alors ça se donne du mal. Ça coud donc des costumes en lin directement sur eux (non, je ne sais pas comment ils étaient censés faire pipi et OUI, cette question me tracasse moi aussi) puis les costumes sont enduits de poix.

Arrêtons-nous deux minutes, car je vous dois un petit point info à propos de cette histoire de poix que nous intitulerons de façon très originale :

LE PETIT POINT INFO À PROPOS DE CETTE HISTOIRE DE POIX

Vous savez, ce truc dans les films, quand pendant les sièges de château fort, les gars lancent de la poix fondue ? Bon eh bien en fait c'est une grosse connerie, la poix était une ressource bien trop précieuse pour être gaspillée à tuer des gens, apparemment. En revanche, selon ce bon vieux bougre de Pline l'Ancien, elle servait à d'autres trucs. Dans son bouquin, Pline, un peu dégoûté, écrit ceci : « Il est honteux d'avouer que ce qui fait surtout estimer la poix, c'est d'être propre à l'épilation des hommes » – perso je ne sais pas si c'est honteux, mais c'est sûr que l'interfessier à la poix, y aurait moins la queue chez Body Minute le premier week-end de juillet en tout cas.

Et puisque je vous parle de poix, je dois vous raconter ça. Figurez-vous que la texture de la poix, à température ambiante, semble solide. Vraiment, ça ressemble à un bloc de savon. Sauf qu'en fait, elle est techniquement liquide, juste très très trèèèèèès épaisse, mais quand même liquide. Pour démontrer à ses élèves qu'il s'agit bien d'une matière liquide, un professeur de physique australien a inventé au siècle dernier l'expérience de la goutte de poix, en mettant de la poix dans un entonnoir. L'idée est d'attendre que s'écoule une goutte pour constater que c'est bien un liquide. Sauf que comme c'est un liquide très trèèèèèès épais, chaque goutte met longtemps, TRÈS longtemps à se former, c'est-à-dire que ça fait environ une goutte toutes les décennies. L'expérience a commencé en 1927 et les dernières gouttes sont tombées en avril 1979, puis juillet 1988, le 28 novembre 2000 et la plus récente date du 24 avril 2014.

Deux choses :

1/ trois gouttes sont tombées depuis ma naissance, je pense que ce serait cool de compter notre âge en années-gouttes, une sorte d'années-chien version prix Nobel.

2/ je suis dégoûtée que les grands-pères meurent car le mien aurait adoré cette histoire, s'il avait su qu'il avait connu TOUTES les gouttes, il se la serait tellement raconté.

Depuis quelques années, l'expérience est filmée par une webcam, mais ÉVIDEMMENT, vu que c'est la vraie vie, « des problèmes techniques ont empêché l'enregistrement de la chute de la huitième goutte », c'est-à-dire que jean-mi du bureau avait oublié de lancer le magnétoscope, écoutez ça arrive à tout le monde. La prochaine devrait tomber à un moment d'ici 2030, donc bientôt, ou pas bientôt, mais une webcam est en place pour pouvoir regarder le live en permanence.[9] Je vous préviens, c'est bizarrement addictif.

9 Sur thetenthwatch.com, vous verrez une petite salle d'université dans laquelle MERCI DE NE PAS MANGER ET BOIRE, et un sablier rempli de poix, dont la goutte donne l'impression qu'elle va tomber dans la seconde alors que pas du tout.
Au moment où j'écris ces lignes, 16 personnes sont connectées au live : qui êtes-vous, mes frères et sœurs poix-addict ?

Mais fin de l'anecdote : revenons à notre bal, avec ses costumes impossible d'aller pisser. Nos cinq types sont recouverts de poix donc, avec par-dessus des plumes et des poils d'étoupe collés, histoire d'apparaître velus de la tête au pied. (Je vais pas vous faire quatre heures sur l'étoupe mais sachez que c'est un truc qu'il faut brûler au couronnement du pape, en prononçant ces mots : « *Sic transit gloria mundi* » d'un air très sérieux, ce qui signifie « Si j'ai pas de problèmes de transit, voyons-nous mardi ».) (Quoi « non » ?) (Bon d'accord, non.)

Histoire de pousser le délire jusqu'au bout, notre club des cinq porte aussi des masques intégraux dans la même matière, pour cacher leur identité, ce qui est plus rigolo, surtout qu'il y a Charles VI parmi les déguisés.

Et pour parfaire le tableau, nos cinq lurons s'enchaînent entre eux, sauf le roi parce que quand même. Évidemment, vu que ce genre de costume est archi-inflammable, des ordres stricts sont donnés pour qu'aucune torche ne soit allumée dans la salle.

Les voilà prêts. La noce bat son plein, quand les lumières s'éteignent et que nos compères entrent dans la salle, costumés et jouant à fond leurs personnages. Ils se lancent dans une danse effrénée, crient des obscénités au public, hurlent comme des loups et invitent les gens à deviner leur identité masquée. Tout le monde se prend au jeu et franchement : c'est la grosse marrade.

Sauf que le frère du roi, le duc d'Orléans, arrive à ce moment-là à moitié bourré avec ses potes, parce qu'ils n'ont rien trouvé de mieux que de passer tout le début de soirée dans une taverne. Façon mecs relous qui se pointent à votre boum tout pétés, sans le moindre

paquet de chips et en demandant si y a moyen de fumer dans la chambre, vous mettrez quatre ans à vous débarrasser de l'odeur. Bien sûr, notre fine équipe de Reloutos n'a pas eu vent de l'interdiction d'apporter du feu, et ils sont munis de torches (oh-oh, vous le voyez venir le truc ou pas ?). (Par ailleurs, je pense qu'il est permis de dire qu'ils sont complètement *torchés*, hahaha, oh ça va pardon.)

Ils rejoignent la fête, et, intrigué par cette troupe de sauvages dansant, le frère du roi s'empare de sa torche interdite pour essayer de distinguer qui se cache derrière le costume. MAUVAISE IDÉE JEAN-MICHEL. Car bien sûr, les costumes prennent immédiatement feu, ils sont cousus sur eux, et les hommes dedans, tout enchaînés, ne parviennent pas à s'en dépêtrer. Heureusement pour le roi, il y a UNE meuf dans l'assistance qui a retenu sa formation secouriste, c'est Jeanne de Boulogne qui a 14 ans et qui est sa tata (eh oui) et qui se jette sur lui pour le protéger du feu avec ses jupons, lui sauvant la vie.

Un certain Ogier de Nantouillet réussit à se libérer de sa chaîne, et à se jeter dans un tonneau d'eau de vaisselle, comme quoi les tâches ménagères sont parfois nos amies pour la vie.

Désormais sensibilisée aux gestes qui sauvent, je file mettre mon bol à tremper dans l'évier, tout en ronchonnant que cette idée de costumes inflammables quand même, c'était pas fute-fute. En même temps, si vous voulez mon avis, les soirées déguisées, c'est toujours un peu une fausse bonne idée aux relents foireux de déconfiture aux cochons. J'en veux pour preuve une fête de mardi gras dans ma jeunesse où le mot d'ordre était de se déguiser pour faire deviner son prénom. Plutôt enjaillée à l'idée de ne pas être jugée sur mon physique mais sur ma capacité à transformer un bout de ficelle et deux rouleaux de papier crépon en costume trois-pièces, je sautai sur l'occasion pour découper une télé en carton, passer la perruque blonde de ma colocataire et m'improviser Claire Chazal de pacotille. Ne restait plus qu'à enfiler ma veste du boulot – j'officiais alors régulièrement comme hôtesse d'accueil, ce qui consiste généralement à porter des talons hauts pour répondre au téléphone, sans que PERSONNE, JAMAIS, ne questionne la LOGIQUE du port de talons derrière un bureau d'accueil car les gens qui rédigent ces contrats n'ont jamais porté d'escarpins un deuxième jour de règles.

Déguisement : check. Le tout pour la modique somme de 0,25 €, soit le coût du pansement sur mon index parce que quand vous découpez un carton au cutter bah faites gaffe que y ait pas votre doigt derrière. Et nous voici en route vers la soirée : mon amie Aurélie s'était habillée de son oreiller (Aurélie, oreiller, vous l'avez ?), et comme mon mec d'alors s'appelait Kamel et que ça sonnait comme une célèbre marque de tabac, il s'était scotché un paquet de clopes à chameau sur le blouson. (Drôlement valorisant de porter un prénom d'origine arabe dans la France des années 2000, dites donc.)

Nous étions joie enfantine, bouts de ficelle et bouteilles de chardonnay dans le sac, ding dong. Et déboulâmes dans une sorte de loft rempli de petits fours Picard et de… COSTUMES DE LOCATION ??!

Un Jean-Paul avait clairement hypothéqué son appart pour louer cet habit de pape, et une Marylin avait poupoupidé un smic dans une robe en simili-quelque chose et une déco chez Dessange. (J'apprendrais au cours de la soirée qu'il faut dire « déco » pour décoloration et qu'elle s'appelle en réalité Marie-Laure.)

Rapidement, je retirerais le carton qui m'entourait la tête, ses boutons en papier-alu et sa fourchette qui faisait antenne télé – clairement trop cheap pour l'ambiance – et je passerais le reste de la soirée en bête perruque à convenir avec un certain Mehdi – habillé en lui-même parce que merci bien – que ouais, bof, ce truc des prénoms, c'était pas l'idée du siècle.

Et à jalouser les petits fours Picard car je n'avais pas de four chez moi mais un micro-ondes avec option four et NON, le rendu n'est pas le même DU TOUT, la gestion de l'humidité rend tout dégeu-mou.

(En radotant ce souvenir, je me découvre une proximité nouvelle avec notre commentateur du taux d'hydratation des sachets de pruneaux Amazon. Si vous voyez passer un commentaire Darty enragé sur les micro-ondes option four, ce sera peut-être moi, cordialement.)

Cela dit, si je ne m'étais pas méfiée de ce mardi gras, c'est peut-être parce que ce que je redoute d'habitude, ce sont les soirées d'Halloween. Car celles-ci sont livrées avec leur injonction implicite destinée assez exclusivement aux gonzesses : celle de s'habiller soit en petit ange *sexy*, soit en diablesse *sexy*. Éventuellement en vampire *sexy*. Et occasionnellement en fantôme *sexy*. À la grande rigueur, tout animal *sexy* fera l'affaire.

Même les soirées théoriquement potaches tombent sous le coup de la loi du sexy, me dis-je en grognant qu'il serait temps de lâcher les baskets des meufs avec ce sexy qu'elle seraient toujours trop ou pas assez.

Même le tragique Bal des ardents a pour origine le remariage d'une femme jugée pas assez prude ! Même se *marier* ne suffit pas à se départir d'une réputation de salope, je râle en m'enflammant un peu à voix haute et en googlant « remariage + salope » ce qui n'est pas du tout une bonne idée (en tout cas attendez-vous à beaucoup de chair dénudée). Visiblement, au pays de Google Images, le remariage est hautement punissable à base d'objets en similicuir et de robes très moyennement virginales.

Remaniant quelque peu ma requête, je tombe finalement sur cette info de tout premier ordre : « Un rituel tenu lors de la nuit de noces d'une femme se remariant existait également chez les chrétiens. »

Décidément, me dis-je, quand il s'agit d'en foutre plein la tronche aux meufs pour les punir de faire ce qu'elles veulent de leur cul, tout le monde se réconcilie. L'article précise qu'un texte biblique décrit comment « une femme dont sept maris furent tués par le démon Asmodée, finit par conjurer le mauvais sort en brûlant le cœur et le foie d'un poisson ».

Excusez-moi, mais sept maris morts et un barbecue de poiscaille, ça sent l'épisode de *Faites entrer l'accusé*, ça sent la Barbette-bleue, ça sent l'épopée et la rôtissoire, bref : il me faut plonger dans cette histoire.

Des ventres de baleine
et des soirées LinkedIn

Contrairement à ce que vous auriez pu espérer, l'histoire en question n'est pas racontée par Christophe Hondelatte en perfecto, mais issue du Livre de Tobie, un passage de l'Ancien Testament.

Non mais je sais bien que ça a l'air chiant dit comme ça mais faites-moi confiance.

Tobie est un monsieur qui se conduit comme un saint homme, mais qui est drôlement mal récompensé. Un jour, il sort enterrer un corps dans son jardin – non je vois ce que vous vous dites, mais là, c'est un geste sympa en fait, parce qu'il s'agit d'un cadavre abandonné qui risque d'errer dans les limbes, enfin bref, croyez-moi quand je vous dis que Tobie est un gars sûr.

Qui sort donc au jardin mais... se prend de la fiente d'hirondelle dans les yeux et devient aveugle. Pas de bol. Pour autant, Tobie ne s'énerve pas contre Dieu, ni contre tout ce qui est pigeon, car je vous ai dit, c'est un chic type qui sait rudement bien prendre sur lui.

Arrive le jour où Tobie, qui a perdu la vue donc, sent sa fin arriver, mais n'a plus de pognon pour mettre sa famille à l'abri à force d'aider tout le monde. Alors, Tobie fait venir son fils qui s'appelle... Tobie (oui bah c'est la Bible, pas *Le Livre des Prénoms*, désolée). Bien élevé, celui-ci se ramène et accepte sans broncher la demande de son père : « D'accord Papa, je vais partir à pied jusqu'à Médie, pour me faire rembourser l'argent que tu as prêté à un pote, ça roule. » Tobie père recommande aussi à son fiston de trouver un copain pour l'accompagner car c'est plus sympa pour faire la route. Le fils dit encore « d'accord papa », sort dans la rue et pof, direct il trouve un gars qui a l'air sympa et qui accepte de l'accompagner. Tobie ne le sait pas, mais le gars sympa, c'est l'archange Raphaël qui est là incognito, et c'est pour ça qu'il est sympa, vu que c'est plus ou moins ça le job d'un ange.

Nos deux compères se mettent en route, et au bout d'un moment, Tobie descend à la rivière pour se laver les pieds. Quand soudain, un énorme poisson s'élance pour le dévorer. OH-OH, ÇA SENT LE SAPIN ! Mais grâce aux conseils de l'archange, Tobie parvient à se sauver. Mieux : il arrive même à attraper l'animal ! Alors dans la foulée, Raphaël se prend carrément pour Philippe Estchebest et conseille à Tobie de vider le poisson, et surtout, surtout ! d'en conserver précieusement le cœur, la bile et le foie. Mais sans lui dire pourquoi, chut, top secret.

Euh… OK JEAN-MICHEL MYSTÉRIEUX. Très énigmatique, n'est-ce pas ? Et encore, attendez la suite.

Toujours incognito, l'ange Raphaël suggère ensuite à Tobie de prendre pour épouse une femme chaude de sa région qui s'appelle Sara, et qui en tant que fille unique va hériter de plein de sous donc ça tombe bien. Seulement, Tobie n'est pas hyper motivé, parce qu'il sait que Sara s'est mariée sept fois, et que sept fois, la nuit même du mariage, un démon a tué ses maris. Alors bon, ça fait pas super envie. Mais Raphaël le rassure, et lui donne le mode d'emploi : une fois que Tobie aura pris Sara pour épouse, il passera trois jours de totale abstinence sexuelle à prier (Mmm, d'accord). La première nuit, il devra livrer au feu le foie du poisson, pour que le démon s'enfuie. (Cool.) La deuxième nuit, il sera admis dans la société des saints patriarches. (Ça devait être un truc chouette genre carte MK2 illimité.) Enfin, la troisième nuit passée, Tobie « prendra la jeune fille dans la crainte du Seigneur, guidé bien plus par le désir d'avoir des enfants que par la passion ». (Ça fait rêver du slip.)

Tobie suit toutes les instructions, et ça marche ! Il ne meurt pas, reçoit dans la foulée un gros chèque de ses beaux-parents et youpi, tout le monde rentre à Ninive. Raphie lui donne alors une dernière instruction : étaler la bile du poisson sur les yeux du père aveugle (miam). Tobie s'exécute et au bout d'une demi-heure, une pellicule blanche commence à sortir des yeux de son père. Le jeune Tobie arrache ce truc cracra et le père recouvre la vue. (Ne faites pas ça chez vous.)

C'est la fête, tout le monde est content, Tobie Père & Fils proposent des sous à Raphaël pour le remercier de son aide mais celui-ci leur révèle qu'il est un ange donc non merci, j'ai fait ça pour le fun, et puis ciao. Le vieux Tobie vivra jusqu'à cent deux ans, le jeune jusqu'à quatre-vingt-dix-neuf ans, hop, Happy End dans la facétieuse bourgade de Ninive.

Enfin Happy End, Happy End... à ce stade, je ne sais toujours pas pourquoi Sara s'est mangé une malédiction de type je-fais-mourir-tous-mes-maris, mais apparemment, tout le monde s'en cogne. Ah pour faire la fête avec leurs histoires de pigeons y a du monde, mais j'ai eu beau relire trois fois l'histoire, j'ai vu personne servir une assiette de cookies et une infusion caramel à Sara en lui demandant *Et toi alors, comment tu vis tout ça, raconte*. Nan, Sara épouse qui veut bien d'elle et part vivre à Ninive sans qu'à aucun moment personne lui demande si elle aurait pas préféré s'installer à Fribourg ou Courbevoie.

Après, c'est vrai que c'est joli, « Ninive ». Ça sonnouille comme un surnom, parce que vous vous appelleriez un truc pas fastoche type Geneviève et vos potes vous appelleraient « Ninive ». Ou alors ce serait votre vrai prénom, parce que vos parents, de peur que vous passiez inaperçue, auraient voulu faire de vous la vedette de l'école maternelle Alphonse-Daudet, super, pas du tout lourdingue à porter comme héritage, et bonjour les futures soirée mardi gras, mais ça, vos parents, ça leur était bien passé au-dessus de la tête quand il s'étaient exclamés en chœur à la maternité : « NINIVE ! »

AH MERCI LA GALÈRE HEIN. D'autant que dans la vraie vie, Ninive est devenue Mossoul et si je vous dis Mossoul vous visualisez probablement des images tragiques d'un Irak à feu et à sang. Ah ça, Ninive est clairement une ville dont l'histoire est plus épique que Courbevoie. Tenez, dans la Bible (décidément plus fournie en histoires improbables que huit saisons de *Game of Thrones*), Dieu trouve que Ninive est vraiment un sacré foutoir, une ville où les gens ne respectent pas assez la loi divine et ça, Dieu, ça lui reste en travers de la gorge. Alors, Dieu ordonne à un certain Jonas (dont le nom signifie « pigeon », ce qui n'est pas super flatteur, mais lui, au moins, ne chie dans les yeux de personne) de se rendre à Ninive afin d'y prêcher la pénitence. (C'est comme ça, Dieu a le droit de donner des ordres aux gens, c'est la Bible, commencez pas à ronchonner.) Sauf que Jonas n'a pas super envie, en plus Ninive c'est à mille bornes à pied de chez lui, alors il désobéit à Dieu (spoiler : c'est rarement une bonne idée). Il prend la fuite sur un bateau.

Bien sûr, Dieu se dit que ça ne va pas se passer comme ça et déclenche une tempête punitive. Sur le bateau, au lieu d'affronter la terrible tempête, les marins décident de tirer au sort pour savoir qui d'entre eux est responsable de ce malheur.

(Stratégie de merde que je dois avouer avoir mille fois adoptée, mais que j'intitule « s'engueuler avec ses colocs pour savoir QUI a laissé une banane pourrir sous le frigo, au lieu de résoudre le problème ».) Évidemment, le tirage au sort désigne Jonas, et ses camarades le jettent par-dessus bord en sacrifice, ce qui je vous rassure n'est jamais arrivé dans le cadre d'aucune de mes colocations. Aussitôt, la mer est calmée, mais, toujours vénère, Dieu fait venir un gros poisson, du genre baleine, pour engloutir Jonas, et Jonas reste dans le ventre du poisson trois jours et trois nuits. La baleine finit par recracher Jonas, qui cette fois gagne Ninive et y remplit sa mission divine – mais laissons-le là, je vais pas vous faire le cathé en édition intégrale non plus.

Vous allez me dire : oui enfin tes légendes de jadis, là, c'est des histoires de vieux schnocks et je vois pas en quoi ça me concerne, personnellement j'ai pas l'intention d'aller enterrer des corps dans le jardin en me coltinant de la chiure d'hirondelle, et j'ai jamais vu de baleine ni même de très gros poisson à part Kiki mon poisson rouge qui avait doublé de volume après que le pot de nourriture était tombé en entier dans le bocal et oui je sais faut pas mettre les poissons rouges en bocal mais c'était en 96 j'écoutais les Backstreet Boys et il y a prescription.

Alors d'une part, je ne dis rien pour les Backstreet Boys mais j'en pense pas moins et, d'autre part, vous allez voir que cette histoire de poisson gobeur d'humain vous concerne de beaucoup plus près que vous ne croyez.

Déjà, le mythe de la baleine a bien bien infusé les cultures occidentales.

Appelons-en à nouveau à Walt Disney, qui en 1940 adapte en film l'histoire de Pinocchio. Pinocchio et ses comparses se font avaler par une baleine et parviennent à en sortir ! Bon, ici ce

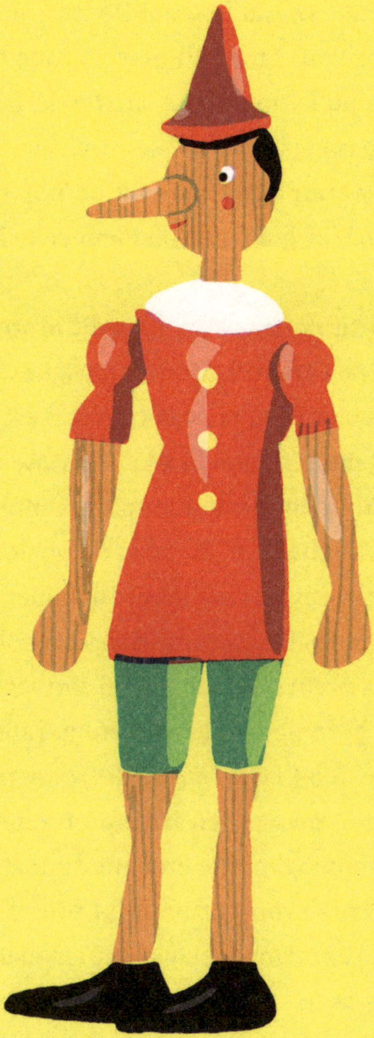

n'est pas la grâce divine qui les en sort, mais une idée pas bête : ils fabriquent un feu de camp à l'intérieur de la baleine qui fait éternuer l'animal, ce qui les expulse hors de son ventre (bon à savoir si vous vous faites bouffer par une baleine, je trouve qu'ils auraient pu le noter dans le *Manuel des Castors Juniors*, mais personne m'écoute).

Ensuite, il y a un autre machin de pop culture que vous connaissez. Un truc qui fait drôlement écho à notre Jonas. Ah, si, si.

Il était un petit navire.... Ça vous dit un truc ? Voiilllà, je le savais. *Ohé ! Ohé ! Matelot, Matelot navigue sur les flots...*

Seulement voilà, la suite de la chanson est... moins connue, et légèrement moins chantée à la kermesse du CE1 de l'école Lazare-Carnot. Et pour cause, ça parle cannibalisme en toute détente. Dans la chanson, au bout de quelques semaines sur le petit navire, les vivres viennent à manquer. Alors, les marins tirent à la courte paille, comme dans notre histoire de Jonas, et cette fois, ils tirent directement au sort lequel des marins ils vont manger : ça tombe sur le plus jeune. Tandis que l'équipage débat en mode *Top Chef, la guerre des restos* pour savoir si c'est plus goûtu de le manger en friture ou en fricassée (je vous jure), le petit mousse monte en haut du mât et se met à prier pour ne pas être dévoré. Et pouf, sa prière est exaucée : des poissons se jettent dans le navire, et les marins les mangent. Allélu-fucking-ia.

Ouééé, d'accooord, vous entends-je encore ronchonner, m'enfin ce ne sont encore que des vieilles légendes, des contes, des allégories et tout. Déjà je vous félicite, c'est pas tous les jours facile d'arriver à placer le mot « allégorie », vous voyez que vous vous étiez pas fait chier à réviser le bac de français 2002 pour rien.

Mais figurez-vous que vous pouvez vous ranger l'allégorie au fond du cartable car le mythe de l'humain survivant à l'engloutissement de la baleine ne se retrouve pas seulement dans les légendes. Il est parfois pris tout à fait au pied de la lettre, comme le raconte un certain Edward B. Davis sur les 26 pages en anglais d'un article perdu dans les tréfonds de l'Internet. Et, oui, vous avez bien mérité que je vous livre une version courte et traduite de cette histoire (ne me remerciez pas, vous voyez que je n'aurai pas fait anglais LV2 pour rien).

Il y a quelques années, Edward tombe par hasard sur un fait divers raconté par de nombreux journaux états-uniens en 1891 : l'histoire d'un certain James Bartley, apprenti pêcheur à la baleine sur le *Star of the East*, et que tout le monde surnommera bientôt le « Jonas moderne ». La chasse à la baleine fait alors rage, elle est même à l'époque en pleine accélération, passant de 1 500 animaux capturés par an dans les années 1890, à bientôt six ou sept fois plus – l'espèce humaine, toujours première sur les idées de merde. En pleine expédition au large des îles Falkland, James se trouve à bord du baleinier quand, soudain, une baleine cogne le bateau et le fait passer par-dessus bord, le lance en l'air puis l'engloutit.

Mal barré n'est-ce-pas ? Mal barré.

James se trouve enfermé dans « un étui uni et glissant, dont les contractions [l'obligent] à aller toujours plus au fond », et notre baleinier pense alors finir bouilli vivant. Ses coéquipiers d'ailleurs le croient mort... jusqu'à ce qu'ils finissent quand même par éventrer le grand mammifère mort d'indigestion, et découvrent au fond de l'estomac James Bartley, évanoui mais vivant.

La peau abîmée par l'acidité d'un estomac baleinier, James passe quelque temps à l'hôpital mais survit parfaitement.

Miracle.

Incroyable miracle, que rapportent des dizaines de coupures de presse.

Tellement incroyable que notre Edward se met à tenter de retrouver l'origine de tout ça, creuse de bibliothèques poussiéreuses en archives improbables, jusqu'à tenir la preuve que cette histoire... est un bon gros mytho. Le *Star of the East* avait bien existé mais ce n'était pas un baleinier. Et il n'y avait pas de James Bartley dans l'équipage. Dès 1907, quelqu'un avait d'ailleurs dénoncé dans une lettre publique combien cette histoire de miracle ne tenait pas debout. Quelqu'un ? Eh oui, la femme du capitaine du bateau mais personne ne l'avait écoutée, en même temps c'était une gonzesse, alors s'il faut commencer à ÉCOUTER les gonzesses...

Notre Eduardo tient donc là une fake news à l'ancienne qui aura même traversé l'Atlantique jusqu'à nous. Dans la presse française, les articles de 1891 racontent tous à peu près la même chose dans les faits : normal puisqu'ils s'abreuvent à la même source américaine et recopient l'histoire sans chercher à en vérifier la véracité. En fait, la seule différence entre chaque papier, c'est le niveau de crédulité du journaliste, qu'il exprime rarement très clairement mais qui transparaît souvent en fin d'article. Vous voyez ce truc que font parfois les journalistes de filer de façon giga-laconique leur avis à la fin d'un papier avec une petite onomatopée cinglante, du genre « et à chaque recoin de la Croisette, le nouveau film de Jean-Michel OuinOuin nous est présenté comme le nouveau chef-d'œuvre du 7e art. **Mouais.** » ?

(Je ne sais pas si ce truc a un nom mais, purée, j'aimerais qu'il en ait un. Un truc mi-chute mi-sentence ? Une « chutence » ?) Eh bien parmi des tas de chutences sur le sujet, voici ma pref : un papier de 1896 sur notre histoire de baleine signé Julien Cheroy, qui souligne que l'anecdote serait parfaitement authentique et conclut : « **N'importe comment**, elle valait la peine d'être rapportée. »

N'importe comment. Peu importe la vérité, puisque l'histoire est belle.

N'importe comment. Puisque l'histoire claque.

N'importe comment. Puisqu'elle fera vendre du papier.

N'IMPORTE COMMENT.

Regardez-nous. C'est émouvant, non ? Je crois que nous sommes face à l'un des plus anciens ancêtres de la fake news. Nous voilà en braves Indiana Jones du Mytho. D'ailleurs, cette fake news ancestrale repose sur les mêmes fondements qu'aujourd'hui.

Il faut dire que ce genre d'histoires, hier comme aujourd'hui, ça fait du clic, du clac, du buzz, donc du brouzouf, et même en anciens francs, le brouzouf, c'est important, faut bien faire tourner la boutique.

Et puis, si cette histoire est peu remise en question c'est aussi parce qu'elle sert un propos. Quand je vous ai dit que notre Edward avait dégotté ce fait divers par hasard, ce n'était peut-être pas tout à fait vrai : la coupure de presse était tombée d'entre les pages poussiéreuses d'un recueil de discours créationnistes. Elle avait été ajoutée là un siècle plus tôt, comme une pièce jointe destinée à prouver que l'histoire biblique de Jonas avait bien pu se passer pour de vrai, contrairement à ce qu'affirmaient – et affirment toujours – les scientifiques. Ici, le propos, c'était celui des gens qui s'éclatent à lire les histoires de la Bible non pas comme des mythologies symboliques mais en les prenant au pied de la lettre en mode SI SI JEAN-PIERRE ça s'est VRAIMENT passé j'te jure, et après là, les démons ils sont partis et les yeux du gars ont commencé à pisser de la chiure d'hirondelle et l'ange Raphaël est reparti au ciel, allez remets-moi un blanc sec stp.

À l'heure des mensonges antivax, c'est marrant de se rendre compte que chier sur la science, c'est quasiment l'origine du monde de la Fake News.

Marrant, si ce n'était pas si dangereux.

Dans d'autres contextes, le mensonge servira des thèses éminemment politiques. Ici, faire pousser des « contre-vérités » nourrira les rhétoriques trumpistes, là, il servira l'air de rien la soupe néolibérale. Oh, ça ne paraît jamais très grave au début, ça semble même amusant. Mais ces petites histoires de faussaires à l'air innocent se font parfois les rouages de mécaniques plus inquiétantes.

Tenez, il y a quelque temps, je suis tombée sur un post LinkedIn[10], qui faisait part avec un enthousiasme tout entrepreneurial de la Théorie du Bourdon.

La Théorie du Bourdon, c'est un truc qui claque en soirée, une anecdote à raconter la coupette à la main dans un petit groupe de Sébastiens disruptifs.

Voilà toute l'affaire : figurez-vous que *le bourdon est incapable de voler, trop lourd pour de petites ailes d'insecte ! Ah bon ? Mais pourtant... ça vole, un bourdon ! Eh oui ! Alors pourquoi le bourdon vole-t-il ?* ***Parce qu'il ne SAIT PAS qu'il ne peut pas voler !*** Voilà. *Ohhhh*, fait l'auditoire saisissant toute la portée symbolique de cette histoire, *slurrrp*, fait le goulot de Sébastien sirotant champagne et gloire. *Chanmé !* commente son ancien pote d'école de commerce qui enregistre une note vocale pour lui-même afin de retenir l'historiette.

Superbe histoire, qui matche à 100 % avec son cadre de vie à fines bulles puisque l'anecdote est une source inépuisable de bullshit motivationnel de droite libérale : regardez, le bourdon ! Il ne savait pas qu'il ne pouvait pas le faire alors il l'a fait ! Le bourdon ! Il suffit de le vouloir ! Le bourdon, le bourdon ! Rien

10 Ne me demandez pas comment, je suis la première étonnée.

n'est impossible à qui fait assez d'efforts ! Le bourdon ! Les pauvres sont donc pauvres par leur faute puisqu'il suffit d'huile de coude ! Le bourdon ! vous dis-je. Certainement pas qu'un héritage financier, culturel ou social filerait un sacré coup de main à devenir LinkedIn-successful ! Eh non, c'est simplement une question de volonté ! Bourdieu ? Non. Bourdon !

Sauf que l'histoire du bourdon est fausse.

Débunkée. Mytho.

Elle serait partie d'une vague assertion des années 1930, d'un calcul de coin de table, qui n'aurait jamais dû poursuivre sa route plus avant. Qui n'avait d'ailleurs pas tant poursuivi sa route avant de connaître une nouvelle vie de légende urbaine grâce à l'apparition d'Internet. Car que voulez-vous, l'histoire est trop belle, du caviar pour post LinkedIn, et peu importe que ce soit faux, si quelqu'un s'avisait de vous réfuter l'anecdote, de vous gâcher la coupette avec un contre-argumentaire scientifique (*Euhhh tu sais… en fait, si si, pardon mais je suis en thèse d'entomologie et les bourdons peuvent tout à fait porter leur poids…*), si quelqu'un S'AVISAIT, personne ne l'écouterait, personne n'aurait ENVIE de l'écouter. **N'importe comment,** Sébastien aurait marqué les esprits. *Ouiiii, ceeertes, finalement les scientifiques ont compris pourquoi depuis, mais tout de même ! Tout de même ! Ils ne savaient pas que c'était impossible alors ils l'ont fait… très bon, ces petits fours disruptifs. Oui hein ? C'est notre stagiaire qui les a cuisinés dimanche, ça lui faisait plaisir. Ah non, ça lui faisait pas… ? Enfin, n'importe comment, c'est notre stagiaire qui les a faits.*

Je vous avais prévenu·es. D'une part, qu'il fallait se méfier des insectes. Et d'autre part, que les vieilles histoires de baleine vous concernaient de près. Vous penserez à moi quand votre boss vous demandera de « mettre les bouchées doubles sur ce projet » en vous racontant l'histoire du bourdon.

Et notre petit marin bouffé par une baleine, dans tout ça ? Eh bien il semblerait que le jeune Bartley ait tout simplement raconté un bobard pour crâner un peu. Alors comme ça, moussaillon, tu voulais te faire mousser ? (Hihi.) Comment ça c'est nullos comme jeu de mot ? Eh oh, faites un effort, sinon je ne vous raconte pas mon autre histoire de ventre de baleine, alors qu'elle est vachement bien.

Bon d'accord, je vous raconte. Ça se passe sur nos côtes françaises, dans la bourgade normande de Villerville. Allez zou, montez, je vous embarque en Normandie. Enfin… je vous débarque du coup ? Oui, oh, pardonnez-moi.

Du commandant Cousteau
et de Levallois-Perret

Nous sommes cette fois en 1894, et Villerville est un petit village qui vit de la pêche du poisson, des moules et des crevettes. Sauf que les ressources marines sont surexploitées (déjà), que par conséquent c'est la merde (déjà), et que des lois commencent à limiter la pêche, ce qui fait que les pêcheurs sont dans la mouise, mais d'un autre côté les crevettes aussi. Heureusement, l'avènement des bains de mer promet de bientôt générer de nouveaux business. Alors, bien que tout un chacun s'y fît pour l'instant chier comme un rat mort, Villerville va tenter de se positionner en station balnéaire attractive.

Mais comment faire pour appâter le touriste, celui qui rapporte, slip de bain en bandoulière et portefeuille prêt à dégainer au moindre *chouchouuuuux beigneeeeets chichiiis* ?

Pire : comment sortir son épingle du jeu quand à 3 km de là, Trouville est devenue LA destination à la mode, the plage to be où il est de bon ton de changer de tenue 5 à 6 fois par jour pour se la péter ? Où villas et palaces poussent comme de la girolle et où le gratin organise des rallyes automobiles dans le faste et la carte tellement Gold que ça ressemble à Levallois-Perret avec ses sorties au Lido offertes à des cars de vieux en échange tacite d'un bulletin de vote balkanophile ?

Pas fastoche pour notre petite Villerville, qui va néanmoins nous pondre une idée.

Pour monter en grade et attirer du monde, le petit village décide de se faire construire le must-have de toute station balnéaire de l'époque : un casino. Les détails de cette affaire sont racontés dans une charmante publication régionale baptisée *Athéna sur la Touques*, aussi confidentielle que pittoresque puisqu'il me fallut renverser pas moins de trois tiroirs de commode pour retrouver mon chéquier afin de faire l'acquisition d'un exemplaire d'occasion. J'y apprends qu'il y avait déjà eu en 1875 à Villerville une estrade aménagée par la commune sur le front de mer, qui faisait office de promenade et de scène de spectacle aux beaux jours, mais le problème avec la mer, c'est qu'il y a de l'eau (eh si), et la marée avait défoncé ladite estrade en 1886. Flûte.

Le conseil municipal décide donc de faire construire un vrai casino digne de ce nom. Bien sûr, la construction coûte une blindasse à la mairie, qui espère amortir l'investissement en louant le bâtiment à des gestionnaires, mais chacun d'entre eux échoue tour à tour à rentrer dans ses frais parce que cette histoire de casino, ça marche pas du tonnerre. Au bout de quelques années foireuses, tout le monde à Villerville est d'accord pour filer la gestion du casino à environ n'importe qui pour environ n'importe quel prix, même au rabais, tant pis. Foutu pour foutu.

Au printemps 1893, le bail est donc cédé à un certain Simon-Max pour un loyer annuel vraiment modique de 1 200 Fr, bien loin d'éponger les coûts de construction mais tant pis.

Simon-Max est un comédien et chanteur, qui a jusqu'ici principalement joué à Paris, dans le domaine de l'opéra bouffe. (Désolée de vous préciser qu'un opéra bouffe n'est pas un spectacle où il est permis de s'en caler plein la panse, juste un opéra au thème léger, disons que c'est un opéra bouffon plutôt qu'un opéra gueuleton, et OUI je suis d'accord que c'est très dommage.) Pardonnez ma vulgarité, mais ce que vient foutre Simon-Max à Villerville est un mystère. (Peut-être a-t-il découvert la région quand il est parti en tournée dans des stations balnéaires, peut-être a-t-il eu envie de faire un break après tous ses succès parisiens… mystère, boule de gomme, coquillage et crustacés.) En tout cas, la mairie de Villerville est ra-vie : même si elle le loue pas cher, non seulement elle a enfin trouvé quelqu'un pour reprendre le casino, mais en plus ce quelqu'un a un nom dans le milieu artistique.

Et c'est là-dessus qu'arrive notre baleine.

Le 21 octobre 1893, une baleine de 10,5 m de long s'échoue sur la plage de Criqueboeuf, à côté de Villerville. Probablement blessée, elle meurt au bout de quelques heures. D'après un spécialiste, il s'agit plus précisément d'un rorqual, de type mâle et de type pas encore adulte, d'où sa petite taille. Mais tout le monde continuera de dire baleine[11], alors nous aussi. (Sûrement que l'Académie française désapprouverait en grognant, et rien que pour ça, ça fait plaisir.)

Que faire de cette dépouille animale ? Eh bien… la proposer à un intermittent du spectacle, bien sûr ! (Euh ?) (Ayant moi-même l'honneur de relever du régime de la saltimbanquerie, je vous assure que la proposition n'est pas banale.) Notre Simon-Max, revenu à Paris reprendre le chemin des planches après la saison estivale, reçoit donc un télégramme. Qui dit : « Baleine vient de s'échouer près du casino. Si vous intéresse, venez. » (Oui je vous rappelle que le télégramme est l'ancêtre du forfait Itinéris avec 10 sms par mois, fallait bien compter ses mots les enfants.)

Ni une ni deux, notre Simon-Max se ramène à Villerville (Ah d'accord, donc en plus le type y VA ? Sa curiosité baleinière me subjugue) où l'animal est mis aux enchères sans tarder, vu que ça schlingue pas mal une baleine en décomposition et qu'il devient donc urgent de s'en débarrasser.

Deux types du Havre sont dans la compète des enchères, intéressés par la chair et l'huile de l'animal, les prix montent, et pour 450 Fr c'est finalement… Simon-Max qui l'emporte, puis s'empresse de revendre à ses concurrents la chair et l'huile. Une fois ce prélèvement effectué, Simon-Max récupère le squelette dont

11 Par ailleurs, savez-vous que « baleine » partage la même étymologie que « phallus » ? Les deux auraient pour origine l'idée de quelque chose qui se gonfle. Je ne sais pas si vous avez bien fait de lire cette note.

les os sont désormais « aussi blancs que des os de pot-au-feu », d'après l'intéressé, qui a la poésie triviale. Puis il envoie tout ça à un naturaliste parisien, avec ordre de remonter le squelette tout en l'agrandissant : la baleine fait dorénavant 17 m de long – là encore, rien que de très logique. Simon-Max se fait livrer le résultat par train, ce qui dut faire bizarre aux passager·es du Paris-Trouville cherchant le wagon-restaurant ce jour-là.

Et qu'est-ce qu'il nous fait, pépère, avec sa maxi dépouille ? Un théâtre pour divertir toute la touristerie de Villerville ! Eh ouais. Une salle de spectacle à l'intérieur de la baleine, pouvant contenir entre 80 et 100 personnes. L'entrée se fait par la gueule de la baleine, et la sortie par je vous laisse deviner.

D'où sort-il cette idée folle ? Peut-être notre Simon-Max a-t-il entendu parler d'un des dinosaures grandeur nature construits en 1853 au Crystal Palace à Londres par le biologiste Richard Owen (bon, en vrai Owen s'était un peu planté dans les dimensions mais c'est lui qui aurait inventé le mot « dinosaure » donc c'est pardonné), et à l'intérieur duquel Owen avait organisé un banquet de la Saint-Sylvestre. Oui, à l'intérieur du dedans du dinosaure grandeur presque nature. Il paraît qu'ils étaient 21 convives, et qu'ils ont mangé de la soupe à la fausse tortue. À fond sur la réput' pourrie de la bouffe anglaise.

Mais revenons à notre baleine-casino. La scène de la salle de spectacle se trouve dans la tête de la baleine, et le public peut donc acquérir des places de larynx (5 Fr), des places d'estomac (3 Fr), et des places de queue (2 Fr seulement, bonne affaire que la queue). Et ça cartonne, le public se presse au théâtre-baleine. Il faut dire qu'en plus, Simon-Max compose plusieurs chansons aux titres pas giga-originaux tels que *Allons dans la baleine*, sur laquelle je me suis écorché les yeux pour vous décrypter les paroles qui nous sont restées en pattes-de-mouche, je vous préviens que c'est pas du Victor Hugo.

« *Jonas l'ancien fut égoïste*
Il resta seul en sa prison
Pour moi qui suis d'humeur moins triste
J'y fais résonner mes chansons
Et sous les flancs de ma baleine
S'entasse le grand, le petit
Nous y rirons à perdre haleine ! »

Je vous passe la suite, je pense que la Poésie française s'en remettra.

Au début, donc, tout marche bien, et la baleine rend même des services improbables – un capitaine de bateau raconte qu'un jour de brouillard à couper au couteau, il entend retentir le sifflet imitant le cri de la baleine utilisé dans le théâtre pour l'ambiance, et se rend ainsi compte qu'il est tout près de la plage, s'évitant bien des dégâts en termes de naufrage et de constat d'assurance. (Ah c'est pas tout le monde qui peut se targuer de fréquenter des objets aussi multi-usage, perso j'ai un découpe-pizza qui fait également spatule à tarte mais clairement ça ne fait pas le poids.) Sauf que c'est bien mignon, mais vient bientôt l'hiver, ce qui va rendre tout ça nettement moins fun d'autant que si vous voulez, les stations balnéaires, l'hiver, c'est pas franchement la Fnac Saint-Lazare le 23 décembre. (Il n'y a personne, quoi, si vous ne suivez pas mes images poético-capitalistes.)

Simon-Max a alors l'idée de transporter la baleine au Casino de Paris (qui contrairement à ce que son nom indique est un théâtre et pas un casino, contrairement au casino de Villerville qui fait casino et théâtre et à la baleine qui fait théâtre mais pas casino, faites un effort), où il joue une pièce intitulée *Le Dragon vert*, et à l'entracte… des artistes costumés en poissons de mer et autres requins invitent le public à profiter de la pause pour s'offrir un mini-spectacle bonus dans la baleine.

Gros succès et belle affaire pour Simonou. Jusqu'au jour, où, pas de bol, pour une fois que Simon-Max n'est pas lui-même sur place, il voit débarquer chez lui deux de ses artistes la tronche enfarinée qui lui annoncent que tout a pris feu.

Hein ? Quoi ? Feu ? Eh oui. Figurez-vous qu'à l'entrée de l'animal, une pancarte indique le prix du bock, une autre précise « Interdiction de fumer dans le ventre de la baleine », et ce soir-là, sûrement que quelqu'un relève le prix de la bière en zappant l'autre info, et sur un mégot mal éteint, la baleine part en fumée. Ces gens n'avaient-ils donc tiré aucune leçon du Bal des ardents ?! Tsss.

Heureusement cette fois, l'incendie ne fait pas de victime, si ce n'est feu la baleine, oups, désolée.

Vous vous dites que cette fois, c'en est fini de toutes ces conneries de rentrer à l'intérieur du dedans des gros animaux ? Eh bien pas du tout. Si pour Simon-Max l'incendie signera la fin d'une improbable aventure artistique et le début d'une

bonne galère financière, cette histoire de baleine fit des petits. Notamment un, bien plus près de nous.

Nous sommes cette fois dans la France des années 1980, plus précisément en 1989, j'ai quatre ans et une petite frangine tout neuve livrée avec la promesse que ça va être marrant (je n'étais pas du tout convaincue sur le moment mais extrêmement convaincue trente ans et des poussières plus tard). À l'époque, donc, la star des foyers français, ce n'est pas encore Jean-Jacques Goldman (contrairement aux années 1990, 2000, 2010, 2020 et probablement jusqu'en 2070), mais Jacques-Yves Cousteau, dit « commandant Cousteau ». Un explorateur océanographique français dont les films et docus connaissent un immense succès à la télé (d'un autre côté, l'offre télévisuelle de l'époque étant composée de très peu de chaînes et de beaucoup trop de Christophe Dechavanne, moi aussi je me serais ruée sur les films de poiscaille), et qui est à l'époque perçu comme un pionnier de la défense de l'environnement. (Depuis, il nous est légèrement apparu que péter des bancs de poissons à la dynamite pour faire des images et buter des cachalots avec son bateau de tournage n'était pas exactement le meilleur move en ce qui concerne la protection des animaux marins.)

Mais en 1989, Cousteau a carrément la cote, j'ai un poster de lui dans ma chambre, et le « Parc océanique Cousteau » va ouvrir à Paris, dans le forum des Halles. Ce parc se veut sans aquarium ni animal vivant. À la place : diffusion des derniers films des équipes de Cousteau et reconstitutions de fonds marins dont… une baleine en taille réelle, dans laquelle le public peut entrer pour la visiter de l'intérieur !

Seulement voilà, la malédiction de la baleine frappe à nouveau : le parc foire total et ferme au bout de trois ans, sombrant avec ses 10 millions de francs d'investissement. (À la place, c'est le cinéma UGC des Halles que connaissent bien les Parigot·es qui sera construit.)[12]

Pauvre Cousteau, héros des marées, légendes des flots, Captain Iglo des bords de Seine, dont la destinée se heurte avec fracas aux roches funestes des aléas baleiniers ! (Vous me dites si j'en fais trop.) Face à cet échec, la personnalité préférée des Français se montre à la hauteur de sa légende et dépasse cette douloureuse épreuve avec la simplicité et la grandeur d'âme qui le caractér – NON PAS DU TOUT. Car figurez-vous que c'est le fils de Cousteau, Jean-Michel (si si), qui menait le projet du parc. Et son père – qui, vous allez voir, mériterait la médaille de Super-Papa – déclare dans la presse en 1993 : « Ce n'est pas l'échec du parc, c'est celui de mon fils. Ce n'est pas parce qu'un gosse est né de votre sperme qu'il a les qualités pour vous remplacer. »

AAAALLLEEZZZ LA TOXICITÉÉÉÉ.

(Tandis que l'analyse du directeur de l'Observatoire national du tourisme c'était tout simplement : « Le public qui venait voir

12 Quant à la baleine géante, elle n'est pas perdue non ! Elle sera rachetée par… Aquaboulevard, un parc aquatique du Sud de Paris où elle fait toujours office d'entrée de toboggan géante.

les poissons était déçu. » Oui voilà, c'était PAS COMPLIQUÉ de dire ça Père Cousteau !!)

Par ailleurs, fallait-il nécessairement être un gros naze pour se rater sur Cousteauland ? Une très rapide enquête me permet de conclure que non pas du tout.

Car je suis catégorique : foirer son parc d'attractions fut l'activité numéro 1 des investisseurs français des années 1980.

Une hécatombe je vous dis, un festival de la lose, des millions de francs partis aux oubliettes de Zygofolis et aux chiottes de Big Bang Schtroumpf parce oui, par contre, du côté des noms, ça ne rechignait pas sur la cocasserie. Je ne sais pas quel âge vous avez, mais moi je me souviens bien que dans le passé, le futur était à la mode. Je veux dire, il y avait des enseignes Sport 2000 et des iMac bleu turquoise transparents, et la plupart d'entre nous pensait vraiment que l'avenir c'était Yannick Noah Président et le forfait Millenium, pas l'apocalypse climatique et Gérald Darmanin. La preuve, les années 80 y croyaient tellement, au futur, qu'elles ont même inventé le Futuroscope, un des rares parcs d'attractions franco-franchouilles géants à avoir fonctionné.

À chaque fois que j'entends le mot « Futuroscope », je ne peux pas m'empêcher d'avoir un brin de nostalgie pour cette époque où nous ne nous figurions pas encore le futur en dégât des eaux.

Oh, l'arrangeante ignorance, oh la basilique du Saint-Déni, oh candides petits nous des années 80 qui pensions naïvement que les robots nous feraient la vaisselle alors que finalement ils nous envoient juste chier par tchat sur le site de la Sécu pour le remboursement gynéco du 24 mars – *Je n'ai pas compris votre demande, voulez-vous dire « J'ai de l'eczéma, quel spécialiste contacter ? »*, non PAS DU TOUT JEAN-MICHEL je te parle FROTTIS ça n'a RIEN À VOIR.

Sont quand même pas près de conquérir le monde.

La plus belle foirade de la parcologie, le ratage stratosphérique des années 1980 a lieu du côté de la ville nouvelle de Cergy, en région parisienne. Ici, il ne s'agit pas de mettre en scène le futur, au contraire. Ici, il s'agit de construire un parc bien français, sur le thème des contes et légendes bien françaises. Ici, c'est camembert et naphtaline.

Ici, c'est Mirapolis.

Bon déjà, le nom est censé claquer mais perso je pense direct à un mix entre des miradors de surveillance et Monopolis, la ville futuriste où se déroule *Starmania*, ce qui fait que j'imagine

Daniel Balavoine taper des notes suraiguës en collants fuchsia du haut d'une tour de prison et bon, chacun·e ses *kinks* mais personnellement, je passe.

Nous sommes au début des années 1980 quand l'architecte Anne Fourcade a l'idée de ce parc à connotation culturelle : elle choisit le thème de Marianne, mais il est jugé trop politique et remplacé par la thématique des contes et légendes de France.

Le coût du projet est astronomique donc c'est super mal barré, et puis paf, notre architecte trouve un gros investisseur : l'homme d'affaire saoudien Ghaith Pharaon, à la tête de plein de boîtes telles que Félix Potin et qui finira recherché par Interpol et le FBI pour des liens supposés avec Al-Qaïda, parce que c'est vrai que ça manquait dans l'histoire. Le businessman investit, les banques suivent, c'est parti. Les travaux commencent en 1985 et Mirapolis est présenté comme le « premier parc au monde relié par métro à une capitale », ce qui soyons honnêtes n'est pas vrai du tout. En fait, il faudra attendre un an après l'ouverture pour qu'une gare de RER ouvre à Cergy, gare à partir de laquelle il faudra prendre une navette pour Mirapolis, ce qui n'est pas EXACTEMENT la même chose qu'un coup de métro, mais je ferme les yeux, magnanime.

Parmi les attractions, il y a le Palais de Dame Tartine, basé sur une comptine dont je n'avais jamais entendu parler, la Tour de Léonard de Vinci – oui, d'accord, déjà entendu parler de ce type –, ou encore le Palais des Merveilles, une salle de spectacle où non seulement se joueront des fables de La Fontaine en comédie musicale mais où seront également tournés les premiers épisodes du *Juste Prix*[13]. Je… ne me demandez pas le rapport avec les contes français.

Et puis, je vous le mets en vrac : des tacots à moustache, la ville d'Ys noyée sous les eaux, une piscine à boules, la table ronde du roi Arthur et un poney club… bref, tout un petit bazar plein d'idées mais dont peine à émerger une ligne directrice. Enfin, sauf si le mauvais goût peut faire office de ligne directrice. Parce que l'attraction numéro 1 de Mirapolis, la mascotte du délire, le héros du parc, c'est Gargantua. Si vous n'avez plus trop bien la réf, c'est normal : Gargantua est un personnage de géant issu de l'œuvre de Rabelais, qui date de 1534, et rassurez-vous les enfants de l'époque n'ont pas la réf non plus (je rappelle : ce que demande le peuple, c'est des VOITURES QUI VOLENT).

Toujours est-il qu'une immense sculpture creuse de Gargantua est installée dans le parc, 35 m de haut le machin, avec à l'intérieur une attraction qui reproduit le système digestif et puis des restaurants sous les couilles.

?

Si. Écoutez, je ne sais pas comment vous le dire autrement mais le géant est représenté assis, les jambes écartées – le public se balade donc gentiment au niveau de l'entre-cuissot du bonhomme, ce qui visiblement n'a gêné personne à la conception. Ahhhhh, les années 1980, leur Minitel, leur catalogue La Redoute, et leur Gargantua manspreader. Qui bien entendu,

13 Pour les plus jeunes, il s'agissait d'une émission télé du midi dans laquelle il fallait deviner le prix d'un magnétoscope pour le gagner. Ne me faites pas préciser ce qu'était un magnétoscope, je vais mal le prendre.

sirote un verre de vin rouge géant, car quel meilleur exemple pour un parc d'attractions familial ?

Évidemment, le tableau de la masculinité-pinard des années 1980 ne serait pas complet sans nos trois héros – hein quoi quels héros, oh nan pas encore du Rabelais et du Jean-Petit-Qui-Danse y en a marre de tes bidules ringards, non mes chatons, pas ça.

Nos héros, c'est le trio pâté-rillettes des eighties, les grands hommes qui marquèrent de leur empreinte l'existence de Mirapolis.

J'ai nommé :

Jacques Chirac, Premier ministre, qui pour inaugurer le parc déboule en hélicoptère, car jeter de l'essence par les fenêtres est alors tout à fait dans le coup. *Tendance*.

Carlos, chanteur à chemise, embauché pour se transformer en tête de gondole du parc et venir chaque week-end interpréter sur son char-licorne[14] des paroles édifiantes telles que « Il n'y a qu'à Mirapolis que le quotidien est merveilleux, je t'emmène avec moi, et comme disait Papa : Partez tous dans le rêve vous n'en reviendrez pas ». *Tentant*.

Johnny Hallyday, trésor national, rameuté au parc par Carlos pour un tour de roller-coaster sous l'œil des caméras. Impressions du rocker à la sortie : « Faites attention à vos lunettes. »

14 C'est ce que nous apprend la revue *Parcs et Attractions* n° 42 dont je soupçonne que vous ignoriez jusqu'ici l'existence. Ne me remerciez pas, la vie est une découverte de tous les instants.

En effet, un verre de lunettes s'est détaché de la monture dans le manège. *Intéressant.*

…

Vous ne comprenez pas bien bien la ligne éditoriale de tout ceci ? Écoutez, c'est les années 1980, ça tente des trucs et ça fume des clopes en voitures, ça pense le futur en plastique et ça se faxe du Rabelais, c'est n'importe quoi mais en fluo donc ça va.

Plus sérieusement, le parc se veut un peu intello et douce France, un genre de mélange entre le Puy du Fou, le parc Astérix et *Il était une fois la vie*. Mais les mélanges, ça marche pas toujours (par exemple pastis-Coca je dirais bof).

Bref, le parc ouvre.

Déjà, il fait un temps de chiotte quasiment historique. (Cette année-là, il neigeotte début mai et le mois de juillet connaît des températures dignes d'un mois d'octobre, bon délire.)

Ensuite, le parc s'ouvre sur une grosse ambiance de castagne. Pourquoi ?

Eh bien c'est une histoire d'amour et de sang, d'honneur et de fraternité, de patrie, de sacrifice et de – nan je déconne c'est une histoire de TVA.

Figurez-vous qu'à la base, la TVA sur les attractions de manège était de 18,60 %. Mais Eurodisney prévoit de s'implanter bientôt en France, alors Mickey fait son petit lobbying, et en 1987 l'État accepte de baisser cette TVA à 7 % pour… les parcs de loisirs.

Disney l'emporte et Mickey parade.

Sauf qu'en fait, c'est la boulette.

Car il y en a des qui se sentent floués par cette décision. Qui ? Les forains qui non seulement voient depuis le début l'arrivée des grands parcs d'attractions d'un très mauvais œil, mais crient désormais à la concurrence déloyale, rapport à la TVA. Et ils n'y vont pas de mainmorte pour protester, nos forains. Le groupe de mécontents est mené par un certain Marcel Campion, déjà connu à l'époque pour ses méthodes d'intimidation – devenu célèbre depuis pour ses sorties homophobes et sa liste municipale de 2020 pro-bagnole et anti-Hidalgo qu'il qualifia de « salope », liste rejointe par… Jean-Marie Bigard. (Oui, à Paris, juste avant que le covid-19 ne débarque dans nos vies, c'était ÇA, l'actualité politique locale. Tu m'étonnes qu'un dangereux virus a tenté d'éradiquer l'espèce humaine dans la foulée.)

Donc à l'ouverture du parc déboule une centaine de forains armés de bâtons et barres de fer, qui saccagent plusieurs installations, des canalisations, des tapis roulants et des véhicules. Bilan : des dégâts estimés à 650 000 Fr auxquels il faut ajouter à la louche un préjudice commercial d'un million de francs.

Parce que forcément, le rififi à base de barres de fer, ça ne fait pas une très bonne pub au parc, qui compte immédiatement des centaines d'annulations. Et les forains ne s'arrêtent pas là : le dimanche de l'ouverture, ils parsèment la chaussée de clous à la sortie de l'autoroute qui mène à Mirapolis pour immobiliser les voitures. Mieux encore : la veille, ils ont distribué de faux cartons d'entrées gratuites pour le parc. Résultat : 1 500 personnes se présentent munies de ces cartons – il faut leur expliquer en toute gênance que ce sont des faux.

Malgré ces méthodes de négociation aussi délicatement subtiles qu'un 49-3 macroniste, les forains finissent par obtenir gain de cause : le gouvernement étend le taux de 7 % à leur activité.

Mais entre les défauts du parc et sa mauvaise publicité, la première saison est un gigantesque flop. Alors, pour la deuxième saison, c'est le Club Med qui prend la main sur la gestion du parc. Nouvelles attractions et organisation du prologue du Paris-Dakar juste dans le dos de Gargantua. (Pardon mais QUI s'est dit que des mètres de terre boueuse juste derrière le cul d'un géant de carton-pâte était une bonne idée ??)

En tout cas cette saison-là : moins gros flop, mais flop quand même. Alors, pour la troisième année, devinez qui prend la main ? Mickey Mouse ? Jacques Chirac dans la véranda avec le chandelier ? Jean-Marie Bigard avec une attraction de Lâcher-de-salopes ? Tu chauffes Marcel.

LES FORAINS.

Si.

Oui tout à fait, après avoir niquouillé le parc deux ans plus tôt, une union de forains décide finalement de s'y engager, investit dans de nouvelles attractions et installe ses manèges dans le parc. Sauf que les manèges des forains sont payants en supplément du droit d'entrée, ce qui ne va pas éclaircir la ligne éditoriale du parc.

Et plus ça va, plus c'est la foire à la saucisse des idées cheloues : Mirapolis organise un grand combat de boxe avec grosse publicité et retransmission sur Canal+ (sauf qu'au bout de 2 min 53 s, le boxeur français glisse et se tord la cheville, à vous les studios, fiasco de niveau stratosphérique), des statues de dinosaures et une plate-forme de saut à l'élastique font leur apparition (tout le monde a clairement lâché la rampe du côté du respect du thème), et le parc va de plus en plus mal (il est même sélectionné comme un des terrains possibles pour la construction du futur Stade de France, c'est dire si la foi en son avenir est totale).

Cerise sur la coquillette : Marcel Campion finira par accuser le député du Val-d'Oise de lui avoir extorqué un pot-de-vin de cinq millions de francs lors d'un déj au Fouquet's en échange de son soutien pour obtenir la gestion du parc. Un député qui est aussi président de la commission des Finances de l'Assemblée nationale : un certain Dominique Strauss-Kahn.

(Je sais qu'à l'arrivée de DSK vous vous dites naaaan, mais là elle INVENTE, c'est TROP, et pourtant, tout est terriblement vrai.)

Ô surprise : malgré l'énergie de toutes ces belles âmes, le parc périclite : les attractions sont en mauvais état, certaines sont fermées et même notre Gargantua mascotte n'ouvre plus qu'à mi-temps. Le parc met définitivement la clé sous la porte en 1991.

Quelques attractions sont démontées et revendues, mais le reste de la statue de Gargantua est dynamitée le 31 août 1995, à la grande tristesse d'une génération pour qui cette sculpture symbolisait à elle seule tout un souvenir.

Quel souvenir ? Celui d'une enfance-Minitel, bourrée d'amiante mais dénuée de ceintures de sécurité, une époque dans laquelle le géant Gargantua-resto-coucougnettes fut notre tour Eiffel du kitch, que dis-je, notre Arc de triomphe du moche, notre statue de la Liberté du PifGadgetistan, et vous me dites si j'en fais trop dans le lyrisme, vraiment, n'hésitez pas à m'arrêter.

À l'occasion de cette tirade-hommage, je découvre que les sculptures comme celle de Gargantua relèvent d'un truc qui s'appelle l'architecture « canard ». Pourquoi ? Eh bien à cause d'une boutique construite en 1931 à Long Island en forme de canard géant, qui vendait des... canards.

La statue de la Liberté fait aussi partie de cette catégorie, mais c'est peut-être le seul monument de cette architecture que nous considérons comme « classe ». Car en général, l'architecture canard fait plutôt penser à des monuments états-uniens du genre châteaux d'eau sculptés en forme de bouteilles de ketchup géantes dans l'Illinois ou sculpture de pack de bières géante dans le Wisconsin.

Et la France alors me direz-vous, n'a-t-elle pas droit à ses monuments coin-coin ? Eh bien Gargantua, voyons, nous avions Gargantua ! Il s'est fait zigouiller la tête, c'est vrai, mais dans un sens, ça reste un clin d'œil plutôt pertinent à l'histoire de France. Mais à part ça ?

Me mettant en quête d'architecture canard bien de chez nous, je découvre rapidement que nous possédons à Castelnaudary – notre capitale du cassoulet – un château d'eau qui reproduit la forme d'une cassole. Eh bien voilà !

Après, vous allez me dire, qu'est-ce que c'est qu'une cassole ? Je n'en sais fichtre rien mais ça doit bien avoir un rapport avec le cassoulet.

…

À moins que non ?

Envahie par le doute, je décide de me lancer en quête d'une confirmation.

Je dégotte rapidement l'histoire de la cassole sur le site de la Grande Confrérie du Cassoulet de Castelnaudary : il s'agit bien du pot de terre cuite dans lequel mijote le cassoulet.

Un tour plus approfondi du site m'apprend qu'il y existe un Grand Maître, des Chanceliers, un Grand Chambellan et un Grand Argentier – oui, pour de vrai, même si ça ressemble beaucoup trop à un épisode d'*Iznogoud* – et que ces rôles ont leur importance lors de la cérémonie d'intronisation des nouveaux chevaliers. Vêtu·es de toges et de toques bordeaux-moutarde, les membres chantent pour l'occasion la chanson du cassoulet de Castelnau et tout le monde est content. En janvier 2022, la Grande Maîtresse fraîchement élue déclare que la confrérie a vocation à « défendre le cassoulet de Castelnaudary et sa recette face aux différentes inventions saugrenues faisant fi de nos traditions ».

Deux informations révolutionnaires viennent donc de me parvenir.

Déjà, apparemment, appartenir à la Grande Confrérie du Cassoulet n'empêche pas de juger d'autres activités « saugrenues », ok sister, l'hôpital la charité toussa.

Mais surtout : le cassoulet est en danger, et la défense de sa recette originale un combat de tous les instants. Il faut dire que ladite recette repose sur une légende aux petits oignons bien que sans oignons vous m'avez comprise.

Que voici, sonnez hautbois résonnez musettes.

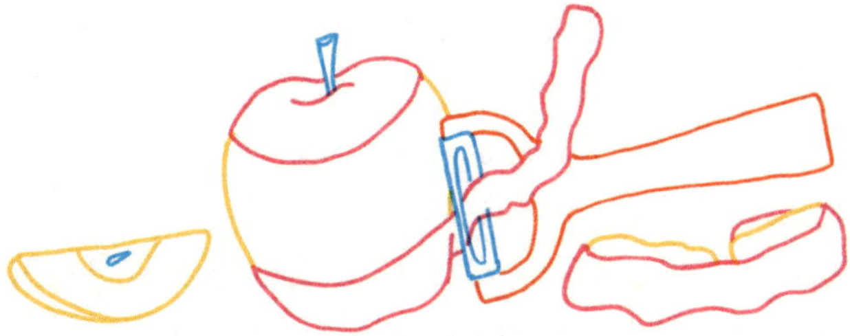

Des règles du UNO
et du cassoulet végétarien

Nous sommes à Castelnaudary au XIVᵉ siècle, et l'ambiance est bof car c'est la guerre de Cent Ans, et la ville est assiégée par les Anglais. Vrai plan galère qui commence à sentir la famine. Autant dire que personnellement, à ce stade, je lâche l'affaire et je fais genre *I speak english, yes yes Wall Street english vive la queen et les Spice Girls, no problem, let me out*. Mais nos habitant·es, plus fortiches que moi et s'armant de courage et de créativité, décident plutôt de mettre en commun toute la bouffe restante, haricots et viandes, et cuisinent un gigantesque ragoût dans une jatte pour revigorer les combattants. Ainsi remontés à bloc, les soldats parviennent à bouter les Anglais jusqu'au bord de la Manche. Invention du cassoulet, encore une victoire de la graisse de canard, tadam.

Superbe légende, avec fibre nationaliste et tout et tout, petits drapeaux aux coins des haricots, allons enfants du cassoulet, youpi messieurs-dames, pétons oui, mais pétons français.

Sauf que voilà, historiquement, Castelnaudary n'a… pas connu de siège. La ville a bien subi un incendie, mais excusez-moi autant un siège vous pouvez vous dire *Ok prenons le temps de faire mijoter des restes un jour ou deux au coin du feu tant qu'à faire*, autant en cas d'incendie c'est sandwich triangle pour tout le monde et ça décampe fissa, vu que le coin du feu, c'est vous.

Donc échec de la légende. En plus, les haricots secs n'ont pas encore été introduits en Europe à l'époque. Et par ailleurs, l'un des plus anciens livres de cuisine connus, *Le Viandier de Taillevent*, décrit une recette de type cassoulet, que la France aurait en fait piqué aux Arabes. Dans ta face, Éric Zemmour.

Je dois vous avouer que je me trouve toujours un peu inquiète devant les personnes qui brandissent haut et fort leur Tradition comme étant l'unique option légitime, la meilleure et indiscutable. Je veux dire, que des gens maîtrisent une formidable recette de tarte aux fraises : chouette, j'applaudis des deux mains et la bouche pleine ; qu'ils en fassent des drapeaux m'enjaille un peu moins.

Peut-être parce que j'aime les tartes aux fraises mais pas tellement les drapeaux.

Peut-être parce que je me méfie des discours de clochers englués de *Tradition-Française* parce que je pressens que le moment n'est jamais loin où quelqu'un va nous dire qu'il ne faudrait surtout pas toucher à *La Véritable Langue Française* en y ajoutant *ces horriiibles noms de métiers féminisés !* Qu'il est interdit de toucher aux coutumes d'humiliation des petits nouveaux car *c'est La Véritable Tradition du Bizutage Fraaançais*.

Et qu'il serait quand même bien malvenu de lutter contre les mains au cul dans le métro puisque c'est la tradition de *La Véritable Liberté d'Importuner Fronnnnçaise*.

Eh bah, elle est vite passée du cassoulet à la main au cul vous dites-vous peut-être, et vous n'avez pas tort.

La vérité, c'est que je comprends très bien l'envie de faire revivre l'histoire d'une bourgade, de la perpétuer, la raconter et la manger, je soupçonne même l'histoire culinaire d'être une histoire populaire passionnante. Je comprends sans peine les gens qui ont une recette préférée, celle de leur enfance à laquelle ils sont attachés. Mais il y a une différence entre la chérir et la brandir comme intouchable, comme sainte-Marie-du-flageolet-protégez-nous-de-l'envahisseur-aux-petits-pois. Les croisades du Cassoulet, très peu pour moi.

Et puis ce qui me titille, en supplément mayo, c'est la confusion entre une version et une vérité.

Vous avez déjà essayé de jouer au UNO récemment ? PERSONNE n'a les mêmes règles. Je vous jure : essayez et vous vous retrouvez très rapidement à ça de vous foutre sur la tronche parce que « t'as pas le droit d'empiler les +4 ! ».

Pourtant, en l'occurrence, le UNO contient une règle du jeu, à laquelle se référer. Or saviez-vous que la règle du jeu stipule qu'une fois la dernière carte posée, il faut compter les points, et pas simplement considérer que le dernier a perdu ? Probablement pas. Pourquoi ? Parce que tout le monde s'en TAMPONNE. Ce qui importe, c'est de jouer. Parce qu'il suffit de se mettre d'accord sur une version. Parce que les règles "officielles" ont évolué avec le temps, et que selon la date d'édition de votre UNO, elles diffèrent. Parce qu'il existe des tas de variantes. Parce qu'il suffit d'accepter qu'elles existent et se mettre d'accord sur une. Et parce qu'à la base, j'étais pas venue pour souffrir mais pour balancer des +2 à tire-larigot.

Le théorème du UNO ne pourrait-il pas s'appliquer au cassoulet ? Bien sûr, ici, je parle de thèmes légers, mais la même confusion entre version et vérité revient souvent à propos de sujets plus crispants. Par exemple, chaque réforme de l'orthographe fait hurler : « Quoiiiiii ; toucher au sacrosaint français ? honte, scandale ! » Mais la langue est vivante et n'est faite QUE d'évolutions. L'écriture non sexiste avec ses points médians donne des ulcères aux chroniqueurs de droite, au prétexte qu'il ne faudrait jamais au grand jamais modifier la langue, que ça la rendrait illisible. Mais ceux qui s'insurgent ont-ils déjà jeté un œil à, mettons, une édition originale de La Fontaine ? Voilà ce que donne un extrait de *La Cigale et la Fourmi* dans sa version d'origine :

« Pas un ſeul petit morceau
De mouche ou de vermiſſeau.
Elle alla crier famine
Chez la Fourmy ſa voiſine ;
La priant de luy preſter
Quelque grain pour ſubſiſter

Jusqu'à la saison nouvelle.
Je vous payray, luy dit-elle,
Avant l'Oust, foy d'animal,
Interest & principal. »

Alors ? Le français n'a pas évolué depuis, peut-être ? Je veux dire, d'accord pour débattre de si le point médian est une trouvaille à garder ou non, au final c'est bien l'usage qui décidera, mais ce dont je suis sûre, c'est que le langage, c'est comme les Pokémon : ça évolue. Et que se revendiquer d'une Vraie Langue transpire non seulement la poussière et l'abonnement à *Valeurs actuelles* mais relève en prime du plus absurde contre-sens.

Et puisque nous étions chez La Fontaine, voici ma moralité : la langue, c'est fait pour bouger. Mantra réutilisable dans tout contexte, ne me remerciez pas.

Ravie de mon petit clin d'œil à double sens, je constate que me voilà lancée à toute berzingue sur le sujet des *Défenseurs de la Vraie Langue Française* à cause d'un cassoulet ; et que quitte à vous embarquer le poing levé sur huit pages de brûlots anti-Académie, il me faut vous raconter un truc. Une autre affaire brandie en pancartes par les antiféministes alors que bah vous allez voir.

Il y a quatre ans, coup de buzz sur l'Internet : les féministes-qui-vont-toujours-trop-loin veulent réécrire la fin de *La Belle au bois dormant*. Horreur, malheur pour les chroniqueurs de tout le Réakistan : vouloir changer la fin d'un conte, c'est bien la preuve que les féministes sont des nazis en jupons ! Un conte, c'est sacré ! C'est intouchable ! C'est notre Enfance en prince charmant ! Notre Histoire en baguette magique ! Notre Patrie en bottes de sept lieues ! (Ok j'arrête vous avez l'idée.)

À l'origine de cette bronca ? Le fait que des voix s'élevaient effectivement pour questionner l'idée qu'un conte raconté aux enfants présente un baiser imposé comme une bonne nouvelle. Les porte-voix antiféministes s'en donnent alors à cœur joie, tandis que le commun des mortel·les s'interroge de bonne foi : est-il possible de modifier une œuvre aussi communément gravée dans le marbre ? Ou faut-il n'y jamais toucher ? Peut-être vous êtes-vous, vous-même, sincèrement posé la question.

Eh bien figurez-vous qu'à la même époque et par hasard, je suis tombée sur l'article d'un chercheur anglais racontant l'histoire des contes des frères Grimm, que je m'en vais vous résumer (vous ai-je déjà dit que j'avais pas fait anglais LV2 pour rien ?), et vous allez voir ce que vous allez voir sur cette histoire des contes de jadis qu'il faut pas y toucher.

Parlons déjà un petit peu des Grimm.

Les frères Grimm sont deux jeunes étudiants germaniques, autour de 1800, qui commencent à rassembler tout un tas de récits et de chansons populaires existant dans la culture orale, même si, en vrai, ça ne représente qu'une petite partie de leur immense travail en sciences du langage. (D'ailleurs, d'après l'auteur du papier, les frères Grimm hallucineraient totalement d'être majoritairement connus pour les contes de fées aujourd'hui, comme si, disons, en entendant parler de Julien

Lepers, quelqu'un répondait immédiatement : « Ah oui Julien Lepers, l'auteur de *Pour le plaisir* chanté par Herbert Léonard, évidemment ! ») (Oui, oui, c'est vrai, c'est lui.)

Pourquoi les frangins Grimm s'intéressent-ils aux vieux récits populaires ? En fait leur grand kif c'est la littérature allemande ancienne, parce qu'ils pensent que « la forme la plus pure et naturelle de culture se niche dans la linguistique de jadis ».

(A priori ils devaient voter Fillon je pense avec ce genre de phrase.)

Donc, ils passent leur temps à essayer de découvrir des fables et légendes du passé, en utilisant le crowdsourcing, c'est-à-dire qu'ils font chier tout le monde autour d'eux pour se faire raconter des trucs en patois (un peu comme quand vous avez besoin de 38 boîtes d'œufs pour un projet d'arts plastiques et que votre mère demande à ses collègues d'en ramener en mettant un petit mot au-dessus de la photocopieuse). Et surtout il faut leur rapporter chaque histoire « dans sa plus pure forme », c'est à dire sans l'embellir, même si c'est trash ou quoi – clairement si les dictaphones avaient existé ils auraient enregistré les voix. (Et produit un podcast très chiant intitulé « Conte là-dessus !! » dispo sur toutes les plates-formes mettez 5 étoiles svp.)

Et puis figurez-vous qu'en 1808, un ami à eux leur demande de lui envoyer les contes populaires qu'ils ont récoltés, parce qu'il veut les adapter dans un bouquin.

(Ah cool un bouquin voilà une idée qui rapporte du pognon car les auteurices sont des gens très bien payés hahaha kof kof quoi j'ai toussé hein non pas du tout.)

Ah cool pourquoi pas donc, répondent les frères Grimm qui lui envoient 54 textes récoltés avec soin. Et là… là… le mec les perd. Eh si, le boulet. Vous allez me dire que vous aussi, vous égarez souvent des trucs, qu'il y a des Lego dans le congélateur, le stock de croquettes du chat sous le lit et un carton « VHS à faire numériser ce week-end » qui traîne depuis 2014, d'accord. Sauf que là, je ne vous ai pas dit, le gars en question habite dans un MONASTÈRE donc faut quand même être nouillos vu qu'un monastère, c'est vide, qu'il y a strictement rien dedans à part Dupont de Ligonnès donc vraiment CLAP CLAP BRAVO JEAN-MICHEL.

Heureusement, nos Grimmos avaient gardé une copie et se décident finalement à publier eux-mêmes leur collection. Pourquoi je vous raconte tout ça ? Parce que vous allez voir que le délire de la Vérité-Une-Et-Indivisible des œuvres va prendre un petit coup dans le popotin.

Dans cette toute première édition, les contes sont courts et bruts de décoffrage trashos, clairement, les mecs sont pas là pour regarder *Mon Petit Poney*. Par exemple Raiponce se retrouve carrément enceinte du prince, et dans Blanche-Neige, la méchante qui veut la tuer parce qu'elle est trop belle n'est pas sa belle-doche mais sa MAMAN, etc.

Ça, c'est la première mouture. Sauf qu'au fur et à mesure des éditions, certains contes sont modifiés, ou supprimés car trop « baroques » dans l'écriture, trop cruels, trop similaires les uns aux autres, ou trop clairement pompés sur le folklore mongol (si, si, vraiment). Et puis aussi : la première édition

8
5
1
6
+4 +4
+4 +4

n'a pas rencontré un succès foufou. Alors les frères mettent à jour le bazar en fonction des critiques, des goûts du public, de la morale chrétienne, bref, les contes évoluent et voyagent telles les plus grandes heures de la chlamydia, ce qui fait qu'à la fin il n'y a pas réellement de vrai, de faux, d'original et de copie, ce n'est pas un vrai Louis Vuitton face à sa version puces de Clignancourt, pas une seule vraie-et-unique histoire mais plusieurs versions qui coexistent sans que l'une ait davantage de légitimité que l'autre.

D'ailleurs, dans la première édition figurent certaines histoires que nous connaissons (*Barbe-Bleue*, *Le Chat botté*...) puis paf : les frangins les suppriment. Pourquoi ? Parce qu'à la base, souvenez-vous, les Grimm's veulent du conte *made in Germany,* seulement *Le Chat botté* et tout ça, ça pue un peu la France de Charles Perrault ! Donc les contes se font sucrer. Puis... réintégrer. Car plus tard, les Grimm eux-mêmes réaliseront que c'est impossible de savoir d'où vient vraiment un conte, vu que tout ça est un mélange de blabla oral qui voyage, et que première deuxième troisième génération nous sommes tous des enfants d'immigré·es, donc les contes aussi.

Et les enfants de Charles Perrault, un peu, aussi.

Il faut dire que Perrault, c'est le gars qui publie *Histoires ou contes du temps passé*, un siècle avant les frères Grimm – c'est en France, cocorico & cassoulet –, et qui fait notamment d'une certaine Cendrillon, d'une Belle qui dort cent ans et d'un chat en bottes, des superstars. Mais notre Charlie n'invente pas tous ces personnages ! Lui aussi s'inspire de récits existants récoltés en Europe. En revanche, il leur donne la plupart des caractéristiques que nous leur connaissons toujours aujourd'hui – c'est un peu la Cristina Cordula du personnage de conte, qui te conseille de dormir cent ans plutôt que deux cents *c'est mieux pour ton book ma chérie.*

À la base, le bouquin de Perrault est totalement écrit pour les adultes. Avec un style un petit peu intello-chiant, et faut bien se dire qu'effectivement, l'objectif est davantage Louis XIV-Cour de Versailles que *Club Dorothée.*

Le tout premier conte du recueil, c'est *La Belle au bois dormant*, mais en version longue pas du tout pour enfants : la mère du prince charmant est ici une ogresse qui veut manger ses petits-enfants et ordonne qu'ils soient cuisinés pour elle dans une sauce Robert. (C'est-à-dire une sauce moutarde-vin blanc, ça par contre je note ça me plaît.) (Spoiler : ladite ogresse est finalement dévorée par des vipères et des serpents.)

Quant à la dernière histoire du recueil, c'est celle du *Petit Poucet*, un gosse abandonné dans la forêt qui fait en sorte que l'ogre bute et bouffe ses propres filles pour se sauver.

Et c'est seulement *entre* ces histoires hardcore que sont glissées des petites histoires plus soft comme *Le Petit Chaperon rouge*, ou *Cendrillon.*

Vous allez me dire que le Petit Chaperon qui se fait bouffer vivante par un loup, comme ça, ça fait pas tellement davantage kids friendly. Je suis d'accord, mais par rapport aux autres contes, d'abord c'est plus court (déjà parce que Chaperonette se fait zigouiller plus jeune, donc forcément ça s'arrête plus tôt), et puis la morale est plus simple. (T'as voulu voir le loup ? Eh ben t'as vu.)

Bouh.

SEULEMENT VOILÀ.

En 1721, un important éditeur d'Amsterdam republie le recueil de Perrault mais… en mettant *Le Petit Chaperon rouge* en premier, et que je te vire l'histoire un peu vénère de *La Belle au bois dormant* pour la planquer en quatrième position. L'éditeur suivant, un Anglais, reprend cet ordre, parce que *why not*, et petit à petit, ça devient la convention de les publier comme ça, et tout le monde croit que c'était l'ordre initial. Cette version des contes façon *Simplissime* n'était donc pas du tout prévue à la base, et c'est pourtant celle qui a ensuite été très largement reprise, jusqu'à Walt Disney, qui à son tour transforme plus ou moins l'histoire de *La Belle au bois dormant* (qui parle de sexe, d'égorgement et d'enlèvement d'enfants) en *Martine essaie de faire la sieste*.

Version que des voix féministes, donc, suggèrent de re-re-remodifier à nouveau en faisant un sort à cette histoire de baiser imposé.

Arrêtons-nous une seconde : ce baiser non consenti, il existe dans la version de Grimm, mais pas dans celle de Perrault où la princesse se réveille, lance une bonne vanne au prince et les deux se mettent à papoter toute la nuit. Je vous jure que c'est vrai.

Donc.

Mais.

Attendez.

Vous nous pétez les steaks à base de « Ah non, pas touche au Saint-Graal du bisou », alors que le Saint-Graal en fait...

IL ÉTAIT PAS DANS LA V1.

Donc déjà j'ai envie de dire pouet pouet camembert. Et ensuite, pourquoi Disney pourrait-il reprendre un conte italien repris par Perrault repris par Grimm pour le transformer en *Barbie fait la sieste*, et nous, nous ne pourrions pas le reprendre pour écrire *Une meuf dort 100 piges puis dégomme le Patriarcat* ? Je vous rappelle que ces contes nous sont parvenus simplement parce qu'un type a perdu un manuscrit à Ligonnès-City, à quoi ça tient.

Cette question du baiser imposé de *La Belle au bois dormant* qui n'enverrait pas un message hyper malin au niveau du consentement est une question passionnante, mais aussi un appeau à trolls de ouf, car ô combien supposée prouver que « les féministes vont trop loin ». Puisque « la preuve elles veulent MÊME réécrire *La Belle au bois dormant* » pourtant gravée dans le marbre émoji choqué émoji connasse émoji cétaitmieuxavant.

Mais réécrire *La Belle au bois dormant*, c'est juste EXACTEMENT ce que tout le monde fait depuis trois cents ans. Il n'y a rien de nouveau là-dedans, et ton marbre, c'est un crayon à gomme.

Conclusion : ce n'est pas la réécriture qui gêne, mais la réécriture *antisexiste*. (Grosse surprise.)

Et bien souvent, ceux qui flippent de voir des statues déboulonnées en nous brandissant comme argument leur prétendu amour de la pierre de taille d'origine nous agitent surtout au nez leur peur d'un monde un peu moins bouffi d'inégalités dégueulasses.

Tout ça pour dire que peut-être ce ne serait pas un drame s'il y avait *plusieurs* recettes du cassoulet.

Après, je n'ai jamais mangé de cassoulet, c'est peut-être pour ça – me dis-je en réalisant que je viens de vous pondre douze pages sur un truc que je n'ai jamais goûté. C'est tout moi, ça, de m'arracher le pois chiche en quatre alors qu'il serait si simple de n'en avoir rien à péter.

Me revient d'ailleurs en tête un mystère qui m'avait déjà taraudée jadis : était-il vraiment vrai que le cassoulet fît péter ? (Fisse péter ? Il me faut admettre que jamais concordance de temps n'a été plus flageolante.)

En creusant le sujet d'un clic, je découvre une enquête du *Journal toulousain* qui confirme que le cassoulet est bien le roi du prout. En cause : la combinaison radicale de sa viande et de ses légumes. Conseil du journal : « Si l'odeur vous déplaît, mais que le bruit vous amuse, préférez le cassoulet végétarien. »

Ah ! Un cassoulet végétarien, voilà qui m'intéresse. Mais n'est-ce pas le risque de me faire huer par la confrérie de la cassole ? Comment serai-je accueillie chez les chevaliers si je bredouille que non seulement je ne mange pas de bidoche, mais qu'en plus le cassoulet est probablement une recette arabe et que c'est bien là la preuve qu'il faut arrêter de prendre les mythologies culinaires au pied de la lettre ?

Comme cette idée de mythologie culinaire me plaît, ça ou le fait de m'imaginer mi-Roland-Barthes, mi-Maïté, je creuse le sujet et dégotte dans la foulée une mythologie des fourneaux débunkée dont il me faut absolument vous faire profiter.

Fichtre, ENCORE une histoire de bouffe ?

(Je commence à soupçonner qu'avoir grandi avec un Gargantua comme mascotte nationale a davantage infiltré mon cerveau que prévu.)

Oui, encore.

Nous sommes en presque 1900, dans le village de Lamotte-Beuvron, en Sologne.

Le village de Lamotte-Beuvron est bien situé pour tout ce qui est tourisme, parce qu'il est sur la ligne de train Paris-Toulouse, mais aussi sur la nationale 20, et que, en plus, la région est super giboyeuse (c'est ainsi que les gens de droite disent qu'il y a du gibier) donc il y a plein de chasseurs, et tout ce petit monde a : LA DALLE. Excellente nouvelle pour les sœurs Stéphanie et Caroline Tatin qui tiennent l'hôtel-resto du même nom, qui cartonne donc.

Ça, c'est la base. Et c'est ici que les versions diffèrent.

La légende dit qu'un jour, *oh la la, il y a plein de monde*, alors une des sœurs Tatin toute débordée et un peu nunuche oublie de poser la pâte dans le fond du moule et ne s'en aperçoit qu'un fois les pommes déjà quasiment cuites, cruchette qu'elle est. Alors bon, elle ajoute la pâte par-dessus, perdu pour perdu, et puis ça ira bien. Dans une autre version, cette grosse patate de sœur Tatin maladroite fait tomber sa tarte par terre et la retourne pour la rendre vite fait présentable.

Sauf que PAS DU TOUT MES PETITS CHATS.

Il y a eu des recherches historiques sur le sujet, et rien ne va. D'abord, les sœurs Tatin ont une excellente réputation de cuisinières depuis qu'elles tiennent les lieux, c'est vraiment des big boss de la cuisine, alors le coup de la gonzesse qui oublie la pâte à tarte... c'est peu plausible. Pareil pour l'option maladresse. C'est pas le self du collège Victor-Hugo, mais un épisode de *Les Expertes Tartelette*, donc en fait, les meufs GÈRENT GRAVE. Elles savent très bien ce qu'elles font, et ne sont ni maladroites ni tête en l'air, il s'agit de restauratrices chevronnées d'un resto qui cartonne, donc le truc est loin du *Cauchemar en cuisine* vendu dans la légende.

C'est fou comme ça a pris, n'empêche, la théorie du « elles étaient un peu nounouilles les nanas en cuisine alors elles ont fait une tarte à l'envers par hasard et coup de bol c'était bon mais dis donc trop la chatte à Dédé ». (Penser à renverser les tartes aux pommes ET le patriarcat.)

En vrai, les sœurs Tatin n'ont pas inventé la recette, en revanche, elles l'ont perfectionnée au point de la rendre célèbre et d'en faire un plat culte, en multipliant les essais dans les fours de l'époque, en choisissant les pommes, affinant, testant, enfin bref elles ont BOSSÉ quoi.

Une recette similaire existait auparavant, l'info nous est parvenue parce qu'une amie des sœurs Tatin qui s'appelle Marie Souchon l'écrit à son amie Laurence Voulzy. (Nan je déconne désolée mais la meuf s'appelle vraiment Marie Souchon.) Et elle raconte que les sœurs ont obtenu la recette de la part de la cuisinière (anonyme) du comte *Alfred Leblanc de Chatauvillard du domaine de Tracy*, parce que oui, le mec a droit à quatorze noms et douze particules, mais la cuisinière personne ne connaît son prénom.

Mais figurez-vous qu'avant ça, il existe déjà des « tartes retournées ». Comment je le sais ? Oh tout simplement parce que ça faisait partie des protocoles d'humiliation des femmes célibataires. (Écoutez je ne fais même pas exprès de vous faire « le sexisme expliqué par les tartelettes » hein, c'est le monde qui est ainsi.)

L'usage voulait que si, de deux sœurs, la plus jeune se mariait avant l'autre, la vilaine célibataire mange « de la tarte retournée sens dessus dessous ». Et de là est née l'expression « faire manger de la tarte retournée » que moi non plus je n'avais jamais entendue, mais que je découvre à cette occasion dans un délicieux ouvrage intitulé *La Tradition* que je peux vous résumer ainsi : d'une façon générale, la grande sœur célib prend cher.

Parfois, elle est trimballée en brouette histoire que tout le monde puisse bien se moquer d'elle, parfois elle est « portée sur le cul du four ». La symbolique ? Oh… vous êtes sûr·es que vous voulez connaître la symbolique ? Eh bien l'idée, c'est que si elle est célibataire, c'est qu'elle est restée insensible à l'amour et qu'il faut « réchauffer son ardeur amoureuse », et l'ardeur amoureuse, ça se réchauffe par où vous pensez, conclusion C'EST PAS DIEU POSSIBLE LAISSEZ NOUS LE FRULULU TRANQUILLE.

Dans une autre tradition, les frangins aussi en prennent pour leur grade, cheh. Une folkloriste raconte ainsi qu'il était de bon ton de faire manger « une salade d'oignons, d'orties ou même de papier aux frères des mariés restés célibataires », et parfois seulement un gros oignon cru. Je me permets d'interroger la LOGIQUE de cette tradition, FORCÉMENT, si tu fais en sorte que les célibs puent du bec, t'es pas sur la bonne route pour résoudre l'équation, HEIN.

Paie ton injonction contradictoire.

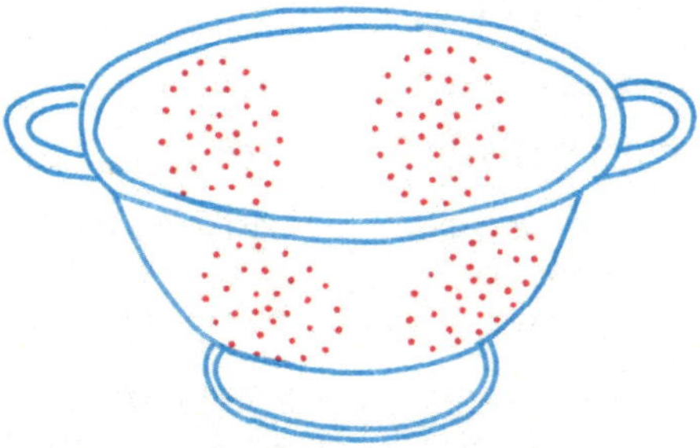

De la recette des crêpes
et du patriarcat

Agacée par ces conneries d'oignon au frululu, je ferme rageusement tous les onglets consacrés à la maltraitance systématique des célibataires, âmes damnées dont les fesses ne sont certes plus réchauffées au four, mais qui bientôt devront se farcir des vitrines entières d'« idées cadeaux de Saint-Valentin » et de publicité éhontée pour des dîners à la biche. *Aaaah, la norme conjugalo-capitaliste se régale drôlement du mois de février.*

Quel mois tout pourri, renchéris-je intérieurement.

En encore, t'as rien vu ! semble alors rétorquer mon ordinateur, qui, je vous jure lit parfois dans mes pensées pour mieux me narguer. Mes onglets d'oignons fermés, je me retrouve face à la page d'un magazine en ligne dont les gros titres me hurlent de FAIRE DES CRÊPES parce que c'est LE MOMENT !!! « Maintenant ou jamais ! », exagère même un sous-titre crêpier.

Dites donc, déjà que je me prends des regards culpabilisateurs de ma gynéco parce que je veux renouveler ma pilule alors-que-TIC-TAC-L'HORLOGE-BIOLOGIQUE, le monde ne va pas commencer à me mettre la pression avec les crêpes, nan ?

Et pourtant. Force est de constater que l'injonction aux crêpes fonctionne drôlement mieux – les marketeux de la galette sont plus fortiches que les mauvais gynécos – car je me retrouve rapidement à trimballer un petit creux et une envie de poêle beurrée.

Une bonne douzaine d'articles sur la Chandeleur clignote sous mes yeux, c'est beaucoup, je me sens happée et légèrement paniquée – LEQUEL CHOISIR –, clique finalement sur l'article qui me paraît le moins susceptible de me persuader qu'il me FAUT une nouvelle poêle antiadhésive chez Darty – c'est pas aux vieux singes nanani – et me retrouve à entamer la lecture d'un papier sur la date exacte à laquelle faire des crêpes.

Parfaitement.

J'ai sur mon "espace bureau" une pile de dix-sept essais féministes et politiques que je n'ai pas eu le temps de lire, chaque nuit mon cerveau me rappelle à quel point je suis NULLE de n'avoir aucune culture et donc aucune légitimité à rien du tout, chaque nuit je parviens douloureusement à chasser cette pensée en me promettant d'attaquer la pile au plus vite mais YES, NICKEL LA SAUTERELLE, LIS DONC un papier sur la date exacte de la Chandeleur, VOILÀ une excellente mise à profit d'un mardi matin, VOILÀ qui te rendra fière sur ton lit de mort, quand à une infirmière exsangue tu murmureras : « Je n'ai jamais lu Virginia Woolf mais savez-vous que le jour exact de la Chandeleur n'est pas exactement celui que tout le monde croit, en fait c'est… » (Là, bien sûr, je rendrai mon dernier souffle, laissant le public dans un immense suspens quant à ladite date. Le rideau tombera sur cette dernière scène. Oui, j'imagine ma mort comme une pièce de théâtre, il n'y a que comme ça que c'est supportable, mais enfin revenons à nos crêpes : la date officielle est le 2 février.)

Eh beh.

Quelle matinée.

Je pense soudain au fait que les derniers mots d'Alfred Jarry auraient été « Vous avez un cure-dents ? », ce qui a donné naissance au musée du cure-dents, et je me demande quel musée serait inauguré en mon honneur si je devenais célèbre. Celui du découpe-pizza/spatule à tarte, peut-être ? Celui de la coquillette, éventuellement.

Perdu pour perdu, je décide d'enquêter un peu plus sur cette histoire de Chandeleur. Et apprends qu'il y a plusieurs théories possibles sur les origines de la fête – dont une qui me plaît pas mal à cause du nom, la Chandelours.

En gros, l'ours aurait longtemps fait l'objet d'un culte en Europe, or entre janvier et février, c'est la fin de l'hibernation, le moment où l'ours sort de sa tanière pour voir un peu ce que dit la météo et savoir s'il faut partir sur une petite laine ou pas. Résultat, cette période faisait l'objet d'une fête, dont Wikipédia nous apprend qu'elle « était caractérisée par des déguisements en ours et des simulacres de viols ou d'enlèvements de jeunes filles ». Car C'EST VRAI QUOI, après tout quoi de plus FESTIF qu'un simulacre de viol ?

Moins marrant que prévu, j'abandonne la Chandelours. Et découvre qu'apparemment la tradition VÉRITABLE (je… ne me relancez pas, bon sang), une des traditions de la Chandeleur consiste à faire sauter la première crêpe d'une main, tout en tenant une pièce de monnaie dans l'autre, puis à caler la pièce dans la crêpe, puis à poser la crêpe au-dessus d'une armoire de la maison et de l'y laisser TOUTE L'ANNÉE.

(Ou jusqu'à ce que les services d'hygiène de la ville débarquent chez vous, je suppose.)

C'est quand même épatant que quoi que je creuse – et croyez-moi, je me pensais à l'abri avec les recettes de crêpes –, je tombe sur un os. Et par « un os », je veux dire « une vacherie faites aux femmes ». Et par vacherie, je veux dire que je maîtrise super l'art de la litote.

Ce n'est pas que je fais exprès, c'est que de toute évidence le moindre événement festif, la moindre assiette de pasta, et la moindre Marco Polerie cachent un petit diable en carton-pâte, qui saute de sa boîte à ressort pour nous bondir sa misogynie en pleine face.

Oh, elle exagère quand même, la fille aux coquillettes, vous dites-vous peut-être en mâchant une part de tarte tatin, votre chat sur les genoux. Attendez, non, ça c'est un plaid, mais… où est passé votre chat ?

Ah, mais je ne sais pas, moi, ouvrez la fenêtre, demandez au voisin.

Vous me voyez venir ou pas ? Très bien. Prenez-moi la main, allons-y ensemble. Vous vous souvenez des paroles de *La mère Michel* ? Petite révision.

C'est la mère Michel qui a perdu son chat
Qui crie par la fenêtre à qui le lui rendra.
C'est le père Lustucru qui lui a répondu :
Allez, la mère Michel, votre chat n'est pas perdu !

C'est la mère Michel qui lui a répondu :
Mon chat n'est pas perdu ? Vous l'avez donc trouvé ?
Et le compère Lustucru qui lui a répondu :
Donnez une récompense, il vous sera rendu.

Et la mère Michel lui dit : C'est décidé,
Si vous rendez mon chat, vous aurez un baiser.
Le compère Lustucru, qui n'en n'a pas voulu,
Lui dit : Pour un lapin, votre chat est vendu !

Penchons-nous sur quelques points.

Déjà, moi, si je chourave un chat (??) et que les voisins viennent me poser des questions, je dis juste « Ah non désolée je l'ai pas vu depuis mardi » et je me fais discrète. Mais notre père Lustucru, naaaan. Vas-y que je te fais lambiner, que je te fais croire que ton petit Croquette va très bien pour te réclamer une rançon juste pour le plaisir de t'humilier à refuser ton offre rapport au fait que vous allez le voir : Lustucru sait bien que c'est trop tard et que le chat a déjà été vendu.

Le gars ménage ses effets, le gars ricane, tourne en bourrique, le gars est machiavélique.

D'autant plus machiavélique que nous sommes au temps de jadis ! Les pigeons voyagent davantage que le jet de Bernard Arnault qui n'est pas né et le catalogue La Redoute je vous en parle même pas : toute transaction commerciale se pratique donc en chair et en os, ce qui prend du temps.

Faites appel au Columbo qui sommeille en vous, vous verrez que le suspect n'a pas *matériellement* le temps de procéder à la transaction en cours de route. Conclusion ? Le chat est vendu DEPUIS LE DÉBUT. (Croyez-moi, j'ai enfilé un pardessus beige et refait le déroulé avec des photos collées au mur et du fil rouge d'enquêtrice : c'est obligé.)

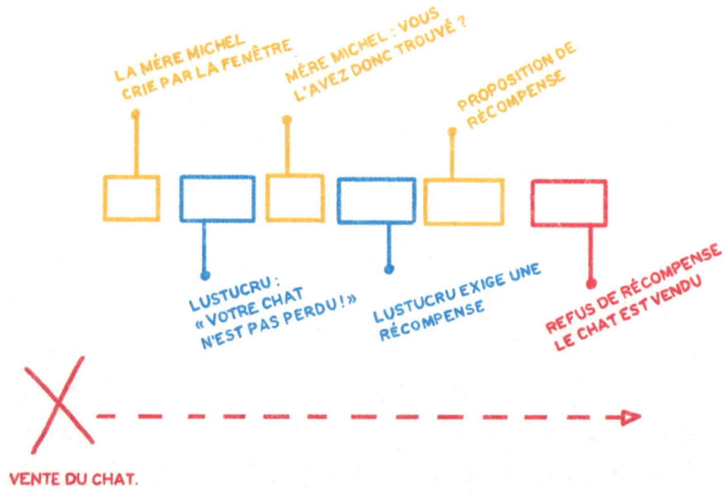

Frise chronologique des événements prouvant la préméditation du délit.

À deux reprises, notre Père Lustucrotte donne donc délibérément de faux espoirs à la mère Michel en dissimulant la fin cruelle de l'histoire, le salopard. Mais comme c'était pas assez, le type nous achève avec le coup du lapin.

Car voyons enfin le clou du spectacle, le Bouquet Final de notre affaire : « Pour un lapin, votre chat est vendu. »

Elle n'est pas limpidissime cette phrase, ça se sent qu'elle a la grammaire pas complètement de la même génération que nous, qu'elle va nous parler du temps qu'elle avait le Bac G et une orange à Noël, et qu'il serait donc tentant de laisser tomber, mais tut-tut, je suis là pour vous tenir la main, je vous ai dit.

Ce que ça veut dire, c'est que le type a vendu le chat à quelqu'un *en lui faisant croire que c'était du lapin*, très probablement pour que cette personne le mange. Ce qui implique que le père Lustucru a mené dans sa cuisine toute une activité de boucherie-charcuterie clandestine dont je refuse d'élaborer mentalement les détails.

Sale type, option Dexter.

Quelle douce sensation de réaliser qu'un dépeceur de chat psychopathe a fait les beaux jours d'une des comptines de notre enfance, me dis-je en ramassant la vaisselle autour de mon "espace bureau", car je vous rappelle que les tâches ménagères peuvent sauver des vies.

Dans l'évier, les trois coquillettes molles qui gisent au fond du bol semblent me persifler un truc. Désolée mais je ne parle pas le coquillette, je réplique, j'ai fait anglais LV2.

« Père Lustucru ! Père Lustucru ! » insistent-elles, car apparemment le langage des nouilles est universel.

BON, D'ACCORD, finis-je par céder en les glissant au fond d'un sac poubelle. D'accord.

Il est temps de regarder la réalité en face : « Lustucru », c'est aussi une marque de pâtes, et il va bien falloir affronter la question : qu'est-ce que mon plat pref vient fiche dans une histoire de psycho-cat ? Je lance l'enquête le cœur serré et les doigts gras, et paf : me voilà prête à vous révéler la réponse.

Qui prend place dans la France de 1659, et je sais que vous regrettez le bon vieux temps de Mirapolis mais je peux pas passer ma vie à faire des vannes sur Chirac, mes petits chats. Je vous promets que ça vaut le coup.

France de 1659, donc, dans laquelle TADAM : un almanach est publié. Avant tout, sachez qu'un almanach se prononce « almanaaaa », sauf quand vous devez faire la liaison, dans ce cas le *-ch* se prononcera *-k*, ce qui nous donne *un almanaK hyper intéressant*. Pourquoi ? Eh, aucune idée, j'étais juste venue pour faire des vannes sur Chirac moi à la base.

Un almanaaaa (ce mot a le don de m'agacer, c'est fou), c'est un mélange entre le calendrier de la Poste et d'un peu tout le reste. Mettons que vous rafliez tout le rayon magazines du tabac-presse de la gare Montparnasse, du *Spécial Sophie Davant* jusqu'au dernier *Sangliers magazine*[15], et que vous fusionniez tout ça en un seul bouquin : voilà votre almanach. Qui après

15 Bien sûr que ça existe. Le dernier numéro en date s'interroge sur le thème « Battue : quelle carabine pour son territoire (2e partie) » et compare deux chiens à sanglier : le poitevin et le cairn terrier.

usage sera recyclé en papier toilette, la France du XVIIe n'a pas attendu la poubelle jaune et Noël Mamère, merci bien.

À cette époque, c'est un objet très populaire, il y a même des dessins dedans, c'est super car beaucoup de gens ne savent pas lire. Et justement, cette année de 1659, qu'est-ce qu'il y a comme dessin sur l'almanaaa ? Des chiots ? Des voitures de course ? Une rangée de jacinthes moches ? Est-ce que les jacinthes sont *toujours* moches ? Est-ce que je profite de ce livre pour glisser à mes proches le message de ne plus jamais m'offrir de jacinthe ? Pas du tout !

Ce qu'il y a comme dessin, c'est une gravure représentant un atelier de forgeron rempli de têtes coupées de femmes, pendant que d'autres meufs, entières celles-ci, attendent leur tour, suspendues à des crochets à viande.

Euh, leur tour de quoi pardon ? Ah je vous ai pas dit ? Eh bien, un forgeron s'apprête à manipuler une de ces têtes avec de grandes pinces et un marteau. Sur sa table de travail, ni couilles ni cœur mais des ciboulots sans corps en train d'être apportés par charrettes entières dans la salle de forge et j'arrête les détails par respect pour vos petits cœurs. Sachez seulement qu'un court texte explique sous la gravure que le forgeron en question s'occupe de « reforger et repolir (sans faire mal ni douleur) les têtes des femmes acariâtres, criardes, enragées, hargneuses, obstinées, sottes, têtues et volontaires ».

Rassurez-vous, ce sera « à prix raisonnable, aux riches pour de l'argent et aux pauvres gratis ». (C'est vous dire si c'est important, ils s'organisent même en mode service public de la lobotomie féminine, dites donc.) Le tout sous l'enseigne subtilement bouchère « Tout en est bon ».

L'illustration va connaître un grand succès et populariser ce personnage de forgeron spécialisé dans la remise en état des cerveaux féminins. Son nom ? Lustucru.

Probablement un jeu de mots avec l'expression « l'eusses-tu cru ? », du fait que parvenir à redresser les défauts des femmes à grand coups de marteau serait… incroyable. C'est pas le premier adjectif qui me serait venu, tiens.

Mais enfin… comment en sommes-nous arrivé·es là ?

Eh bien cette gravure serait une réponse à l'affaire Langey, un procès qui vient de faire grand bruit. Le marquis de Langey, 31 ans, est accusé d'impuissance sexuelle par sa femme. Elle veut le quitter. Elle a 20 ans. Elle en avait 14 quand il l'a épousée.

Les deux parties sont forcées de subir des examens physiques humiliants pour expertiser l'accusation. Un personnel assermenté vérifie que madame a « perdu sa virginité »[16], puis arrive le moment où le marquis ne parvient pas à faire monter le mât de son navire devant le jury d'expert·es. Sa femme obtient le divorce. Et ça, mes petits potes, ÇA, ça fait trembler du slip tout le Couillistan de l'époque, horrifié que la jeune femme ait pu obtenir gain de cause.

Alors, la France du XVIIe s'amuse (hyper marrant, j'avoue) à fantasmer un personnage-chirurgien qui pourrait, au nom de tous les hommes, *réparer* l'humiliation subie par le marquis de Langey.

16 Ce qui 1/ n'est PAS possible : chaque vagin est différent et la représentation d'un hymen de type « opercule de brique de lait » est un mythe. 2/ Lâchez-nous la chatte.

L'idée, c'est que grâce à cette opération imaginaire du cerveau, la femme redeviendra docile et n'aura pas le culot de revendiquer une vie meilleure, un truc aussi obscène que le divorce ou d'oser papoter viagra car *NAN MAIS ÇA VA PAS LA TÊTE ?* (Assez littéralement, donc.)

Il faut dire qu'au-delà de l'épiphénomène de l'affaire Langey, c'est toute l'ambiance de l'époque qui est au backlash sévère.

Dans les années 1650, il est possible que les hommes aient perçu comme un danger l'arrivée des femmes dans les milieux littéraires. Enfin... n'allez pas imaginer Annie Ernaux, Nobel au poing sur un parking de Cergy, ce serait plutôt des dames au sang bleu qui se réunissent pour discuter littérature dans leurs appartements privés. Mais il semble que rien que ça, ça ait pu donner l'illusion que les meufs gagnaient un peu de pouvoir. Et ça va bientôt se payer.

En 1659 – même année que la gravure – Molière publie ses *Précieuses ridicules* qui tournent en dérision des femmes ayant eu le malheur de se croire intelligentes.

Le personnage de Lustucru-le-réformateur-de-cerveaux de notre dessin apparaît aussi au théâtre et dans des poèmes comiques car quoi de plus rigolo que la TORTURE DES MEUFS.

Bientôt, le personnage de Lustucru sera la star de nombreuses autres saynètes mettant en scène les dangers d'une prise de pouvoir par les femmes sur le thème « serrons-nous les coudes les frérots car si les gonzesses se mettent à s'unir, elles vont tous nous cramer ». D'ailleurs, dans certaines de ces saynètes,

Lustucru finit parfois massacré par des femmes en colère. (Oh la laaaa, les gonzesses, toujours à prendre la mouche dès que quelqu'un leur coupe la tête aussi.)

La comptine de *La mère Michel* apparaît un peu plus tard que la gravure, entre 1700 et 1800, mais il est difficile de ne pas y voir un lien avec le Lustucru-forgeron-de-cerveaux : la chanson met elle aussi en scène un homme cruel avec les femmes (il humilie sa voisine après avoir volé son chat) et qui fait preuve d'une certaine aisance dans tout ce qui est atelier de boucherie (la violence du chat transformé en chair de lapin fait quand même pas mal écho à celle des têtes sur les crocs de boucher dans ma petite cervelle de femme mal reforgée).

Mais laissons là notre sale bonhomme et avançons dans le temps. Changement de crèmerie mais faites-moi confiance : vous y retrouverez votre petit pot de beurre (et nos coquillettes, oh chouette).

Nous sommes dans les années 1880, et je vais vous parler de miam-miam – je sais, ça vous a un peu retourné le cœur ces histoires, mais prenez un Gaviscon et passez en cuisine, car c'est l'heure de la pasta party.

Les pâtes sont déjà un produit industriel et font l'objet de nombreuses pubs dans les journaux. Elles sont alors vendues au poids, comme beaucoup de produits. Jusqu'à cette petite révolution des fabricants Rivoire & Carret qui ont l'idée plutôt géniale de mettre les pâtes en paquet de carton de 250 g jetable[17]. (Idée géniale jusqu'à ce que quelqu'un réalise que c'était moyen écolo, évidemment.) Ah, des paquets en carton, il avait pas pensé à ça Marco Polo ! Trop occupé à se compter les dents de tortue, j'imagine. L'emballage, ça permet de se démarquer, et c'est une riche idée car la concurrence est rude : tous les fabricants cherchent alors à vendre à la ménagère des pâtes rapides à cuire, c'est la bagarre ! Les industriels inventent donc de nouveaux contenants, mais aussi de nouvelles formes de pâtes, et il semble que ce soit une fois encore Rivoire & Carret qui quelque temps plus tard, au début du XXe siècle, inventent... la coquillette.

Oui, il *semble*, parce que toutes les autres pâtes ont une histoire. Des noms allemands, parfois, comme la nouille qui vient de *Nudel*. Des noms italiens surtout, un arbre généalogique qui louche du côté des Alpes, des ancêtres au parmigiano.

Mais la coquillette ?

La coquillette donne l'impression d'apparaître, comme ça.

Elle n'a pas d'histoire ni de livret de famille, pas plus d'ADN que de certificat d'adoption, elle semble arrivée de *Joséphine Ange Gardien* ou du Saint-Esprit.

Je vous ai déjà dit que la coquillette n'était pas le macaroni.

Le macaroni a des papiers d'identité, un bracelet de la maternité, un nom qui fleure la sauce tomate et le touriste gênant qui croit qu'il a l'accent parce qu'il a fait le geste avec ses mains.

17 La marque Panzani, elle, tente désespérément sur son site de célébrer quelques années plus tard l'invention par son fondateur, Giovanni Panzani dit Jean Panzani, du paquet de 500 g en cellophane. Hmmm.

Ça donne envie de rouler les *r* et de faire danser sa langue en chantant le nom de chacune de ces filles de pâte : *Macaroni, Spaghetti, Lasagna, Farfalle, Canelloni, Tortellini, Ravioli*, mais… COQUILLETTES ?

À ce jour, les coquillettes n'existent pas vraiment en Italie[18]. Nos camarades suisses et belges les dégustent seulement sous le nom de « cornettes ». Outre-Atlantique, les États-Unis vous fondent ça dans un bol de *mac(aroni) and cheese*. Nan, vraiment, quand je vous dis que la coquillette est seule au monde.

(Si vous trouvez la trace de son invention EXACTE, je vous en supplie : écrivez-moi.)

Car en Élise Lucet de la semoule de blé, j'ai cherché.

Fouillé des archives, examiné des documents mal scannés à en choper la myopie et tenté de me faire pousser la moustache d'Edwy Plenel, en vain. (Je n'aurais jamais dû me passer la moustache au laser en 2014.)

Sur l'affiche publicitaire datant de 1900 environ encadrée au-dessus de mon "espace bureau", il y a bien des « coquilles » de plusieurs tailles mais rien encore sous le nom de « coquillettes ».

À cette époque, le mot désigne seulement un coquillage ou une partie intérieure de l'oreille, bon appétit. Le premier livre à utiliser le mot « coquillettes » est publié en 1907 et recommande leur consommation en cas de gastroentérite. Quant

18 Il reste possible de dégotter des coquillettes ou des pâtes qui y ressemblent, mais plutôt en farfouillant sur les sites spécialisés qui fabriquent également des pâtes en forme de crête de coq, de raquette de tennis, ou de radiateur.

aux publicités pour mes pâtes prefs dans les journaux, les plus anciennes datent des années 1910.

Ce n'est d'ailleurs pas la seule invention du côté du marketing pastal de l'époque. C'est en effet pile à cette période que la famille Cartier-Millon, une autre dynastie de la pâte, basée à Grenoble, décide de lancer un concours d'affiches pour ses produits. Le 1er prix est décerné à un certain Synave, qui dessine une boîte de pâtes avec un damier bleu clair et bleu foncé. Aujourd'hui encore, ce damier est l'identité graphique de la marque Lustucru, qui aime à rappeler cet ancestral storytelling. Ça la ramène un peu moins en revanche sur le reste du dessin gagnant : à côté de la boîte au damier, une femme en cuisine qui s'écrie :

« Dieux !
Comme à mes pâtes aux œufs
Ce gruyère hardi fait des yeux ! »

En tant que meuf également dans le business de la rime, je n'aime pas cracher sur les copains mais je ne trouve pas ça dingue. Je ne dis pas que j'aurais fait mieux (Tu l'as vu ? Tu l'as vu ? – Quoi ? ~~Mon cul !~~ Ma boîte de pâtes Lustucru ? aurais-je peut-être tenté.) (Nan, d'accord, je n'aurais pas fait mieux.)

En tout cas, c'est fait : la marque a son nouveau design ~~rouge et jaune à p'tits pois~~ à damier.

Le jury tout content va fêter ça, et hop scène finale du banquet, ça picole, ça festoie, lampions de papier et coupes de cristal.

C'est là qu'un type du Tout-Paris de l'époque, lui-même dessinateur, un certain Jean-Louis Forain, invité à la noce, se met dans l'euphorie générale à chanter la comptine de *C'est la mère Michel*. Pourquoi ? Je ne sais pas. De la même façon que tout le monde se met à chanter *Les Lacs du Connemara* dans les mariages ou *Bye Bye* de Ménélik en soirée karaoké je suppose.

Vous chantez bien du Gloria Gaynor en faisant la vaisselle, n'empêchez pas les gens de chanter *La Mère Michel* !

Toujours est-il que ce monsieur Forain[19] se met à chanter au banquet et là paf : idée de génie ! Eh les gars, et si ces pâtes s'appelaient *Père Lustucru* ? Ah, mais grave Jean-Mi, ça claque ! Dont acte.

Nos compères baptisent « Pèr' Lustucru » les pâtes aux œufs, et « Mèr' Michel » les pâtes sans œufs, mais la Première Guerre mondiale arrive et la marque Mèr' Michel n'y survivra pas. Les pâtes Pèr' Lustucru, elles, résistent au conflit et deviennent bientôt simplement Lustucru, avec comme mascotte ce brave bonhomme, baladant dans son panier une demi-douzaine de têtes de femmes. Euh pardon, d'œufs.

Voilà comment le plus célèbre lobotomiseur de gonzesses, le vengeur de ces messieurs au zgueg vacillant devint le plus célèbre fils à pâpâtes de la gastronomie française.

Blurp.

Sûrement que l'image du personnage avait évolué, davantage pépère que cruel forgeron des crânes, la preuve, il ne dépeçait plus leur cervelle mais seulement leur chat, si c'est pas mignon.

19 Recherches faites, ce monsieur Forain est également célèbre pour avoir cofondé un journal antidreyfusard et antisémite, donc giga ordure, le gars.

N'importe comment : peu importait la violence symbolique de Lustucru, puisque le nom claquait dans le vent pour vendre des nouilles à la ménagère.

Sûrement que peu importait.

Sûrement aussi que représenter des bourreaux de femmes, ça n'était pas *si important*.

Et sûrement aussi que les femmes, ça n'était pas *si important*.

La fin des coquillettes

Que voulez-vous, il y en a qui lisent l'avenir dans le marc de café, moi c'est le patriarcat dans les nouilles, chacune sa croix. Il faut dire aussi, c'est les nouilles qui ont commencé.

C'est bien beau tout ça, mais ça ne m'apprend toujours pas comment éviter de foirer la cuisson des coquillettes, je grommelle en me cellophanant le reste de casserole au frigo. Du reste, ça ne m'apprend même pas grand-chose sur les coquillettes tout court. À part qu'à l'origine était la coquille, et que le *ette* est venu s'incruster là plus tard.

Une déclinaison en *-ette* pour une version XS de la coquille, plus petite, plus enfantine aussi.

Ah, ce suffixe *-ette*, oh, ce féminin-diminutif. La fin en *-ette*, c'est un tour de magie, un passage de pullover au sèche-linge, un champi d'Alice, un chéri j'ai rétréci les gosses :

la fin en *-ette*, c'est tout pareil mais en moins grand, en moins puissant, moins sérieux ou moins grave. La fin en *-ette*, c'est *moins*.

Dans la langue française, même les mots déjà féminins se voient comme surféminisés par le *-ette*, et n'allez pas croire que surféminisé est un superpouvoir, au contraire : ici, la surféminisation est de fait une minoration *oh tiens, « minoration » comme dans « mineur »*, nous y reviendrons.

Personne ne meurt d'une gripp*ette,* ni ne s'aventurerait à escalader une montagne muni d'une cordel*ette* (pour un tampon flux moyen, oui, d'accord, mais si vous escaladez vos tampons, vous n'avez pas bien saisi le principe, ou alors vous avez inventé une épreuve des Jeux olympiques).

Vous pousserez avec humilité la chansonn*ette*, tandis que la chanson, la *vraie*, sera réservée aux pros. Bien sûr, à l'intersection maxi best of de la domination du *-ette* se tient « beur*ette* » sur laquelle les fantasmes porncoloniaux ont projeté tout leur imaginaire d'asservissement.

Ce féminin-navrant est partout : « pauvre » est une réalité, « pauvrette » frôle la moquerie. Et quiconque voudrait y voir un jeu de hasard se ficherait drôlement le doigt dans l'œil.

Retirez votre doigt, attrapez un collyre parce qu'une infection ophtalmique n'est jamais loin, et prenez si vous voulez cet autre prisme : notre *-ette* est tellement féminin-dépréciatif qu'il est utilisé pour fabriquer des termes homophobes comme « lopette », « femmelette », et autre « tapette ». Trop femme, donc trop pourri, notez qu'au moins c'est fastoche à comprendre.

Ce syndrome du fâcheux suffixe, ce théorème des coquill*ettes* vient aussi se nicher là où personne n'y penserait, enfin vous peut-être mais moi je n'avais pas complètement vu venir qu'en cherchant ce qui rimait avec « coquillettes », ma première pensée porterait un body pailleté et des bottes en skaï blanc.

Quoi, pas vous ? Tant pis si je m'autoringarde, je vous l'avoue : à cet instant de ma réflexion, cherchant un mot en *-ette*, le premier qui me vint fut « Claudettes[20] ». Les danseuses de Claude François, oui, tout à fait. Faites pas genre vous connaissez pas, eh, moi aussi il est mort avant ma naissance, mais Karl Marx et Cléopâtre aussi et j'en fais pas tout un fromage.

Claude François n'a rien inventé en s'entourant d'un groupe de danseuses : le principe de ses Claudettes, tout comme leur nom, a été calqué sur le modèle américain des Raelettes (choristes de Ray Charles) et des Ikettes (celles de Ike et Tina Turner).

Tiens, mais attendez, aux États-Unis aussi, le suffixe *-ette* suffit à rendre un mot féminazebroque ?

Parfois, oui, grâce à un emprunt à.... la langue française. Cocorico, cocoriquette. Le suffixe *-ette* sert aussi aux États-Unis à former les noms de substituts ou de faux : le cuir « leather » a par exemple son imitation en « leatherette ». Le féminin est un simili. À ce stade, je commence à m'interroger : si ça se trouve

20 Doutant de l'orthographe (« Clodettes » ou « Claudettes » ?), j'entrepris de me renseigner à la source, trouvai sur Leboncoin un exemplaire de *Podium* le-magazine-de-Claude publiant les photos de la vraie salle de bain du drame (!!), mais appris que pour accéder aux pages intérieures il m'en coûterait 25 € sans compter les frais de port, et lâchai l'affaire. Je choisis « Claudettes » et si vous voulez vérifier, sachez que le poster intérieur est fourni avec mais détaché de la page centrale.

les femmes n'existent pas *vraiment*, les coquillettes non plus, les frites allez savoir, mais c'est pas tout ça, revenons aux sirènes du port d'Alexandrie (Alexandra).

Il est vrai que les Claudettes ont une place de choix dans les shows du chanteur, seulement impossible de s'y tromper : elles n'existent que pour et par Claude, la preuve, elles portent son nom en skaï. Elles sont Claude en plus petit, en féminin, elles sont un groupe dont peu importe le nombre, soixante millions de Claudettes ne vaudront jamais un Claude.

Ce procédé a été réutilisé en 1995 et là j'étais née, merci, 95, la minute de silence à Mitterrand et tout le toutim. Figurez-vous qu'Alain Juppé, Premier ministre de Chirac, nomme douze femmes au gouvernement. C'est un événement, un événement de droite, mais un événement tout de même. Et ces douze femmes ministres, comment sont-elles immédiatement surnommées ? Les « Juppettes ».

...

Si nous décortiquons ce mot telle une petite crevette (tiens, la crevette est-elle une petite crève ?[21]) nous y retrouvons Juppé, évidemment, comme personnage principal, comme miel de ses abeilles. Les Juppettes n'existent pas sans Juppé : c'est vrai étymologiquement et c'est ce que ça nous dit politiquement. Elles sont Juppettes comme d'autres sont Claudettes, par la

21 Non, mais presque. Il s'agit d'une petite... chèvre. « Crevette » est une déformation de « chevrette » : « la crevette faisant de petits sauts comme la chèvre en liberté », d'après Alain Rey.

grâce de leur seigneur et maître qui pourra les virer d'un coup de colère piquée, d'un coup de collant filé, d'un lundi au soleil raté, d'un gouvernement resserré. D'ailleurs, six mois après leur nomination, huit Juppettes sur les douze sont licenciées, tandis que Claude François épuisera, lui, plus de trente Claudettes.

Juppette dit donc « Juppé » bien sûr ; mais aussi « jupe », et mieux encore « jupette » : jupe courte, jupe de fillette. Coïncidence de la jupette ? Claude François a quant à lui un jour déclaré : « J'aime jusqu'à 17-18 ans, après je commence à me méfier. Parce que les filles commencent à réfléchir, elles ne sont plus naturelles. »

(Parcourant cette dégoûtante citation en m'enfonçant de malaise dans les plis du canapé, il me revient en écho notre Marco Polo-Gary Cooper qui évinçait les gagnantes de ses dents de tortue, puisqu'il était hors de question de s'encombrer de femmes futes-futes. Alors de deux choses l'une : soit Claude François était la réincarnation de Marco Polo, soit c'est là un problème récurrent, un système entièrement pensé pour conserver sous sa coupe paternaliste des femmes toujours fantasmées très bêtes et trop jeunes. KEUWOI ?? Un système patriarcal ? Naaan. Ça doit être une histoire de réincarnation, sûrement.)

Il y aurait donc dans la Juppette de la femme immature, c'est parfait, nous comprenons d'emblée que ces ministresses sont là pour faire tapisserie à fils courts. Allez jouer à la dînette, nous parlerons cigares, vous cigarettes. Nous sortirons majors, vous finirez majorettes.

Peut-être me direz-vous que c'est un hasard, que vous voulez bien coller pas mal de dossiers ripoux à Juppé mais qu'il n'a pas choisi son nom : certes, mais ce qui n'est pas un hasard, c'est que la sauce ait prise, que le nom ait si bien accroché. Le principe de la Claudette aurait fonctionné avec d'autres noms[22], mais c'est combiné à la jupe qu'il triomphe.

Pour autant, Alain Juppé et Claude François n'ont pas le monopole du haut-le-cœur, et le problème serait peut-être bien à chercher du côté des noms féminins qui semblent drôlement porter la poisse. Un chercheur a par exemple recensé tout un tas d'expressions telles qu'avoir *la* frousse, *la* guigne, *la* flemme, être dans *la* dèche, dans *la* sauce, dans *la* panade, dans *la* mouise, ou dire que ça *la* fout mal. Devant la longue liste de ces exemples, notre savant s'étonne : peut-il vraiment s'agir d'un hasard si toutes ces expressions liées au négatif, au sarcasme ou à la dérision sont genrées au féminin ?

Impossible. Il y a trop d'occurrences. C'est là, sous ses yeux : le féminin des mots est majoritairement dépréciatif, et ça ne peut être totalement décorrélé du mépris systémique envers les femmes, c'est la science qui le prouve, et notre ami fait part de ses conclusions dans une revue linguistique.

Oui enfin boooon, vous entends-je déjà, encore le fruit des recherches du dangereux lobby féministo-wokiste. Peut-être. Je vous laisse voir ça avec Jules Marouzeau, né dans la Creuse en

22 Il y eut bien une « balladurette », mais il s'agissait d'une prime à la casse mise en application en 94...

1878, auteur d'une thèse sur *L'emploi du participe présent latin à l'époque républicaine* et qui publie lesdites conclusions en 1946. Mais dites voir, si les linguistes avaient capté ça en 1946, ça a dû bien changer depuis, non ? me dis-je – enfin fais-je semblant de me dire naïvement, car en vérité je ne suis pas née de la dernière pluie.

Depuis 1946, les choses ont un peu changé c'est sûr.

Évidemment, si la fille aux coquillettes va piocher ses exemples dans l'après-guerre en noir et blanc, aussi !

La fille aux coquillettes dit mais vous savez, je voudrais bien, moi, vous parler d'un temps que les moins de 20 ans, vous dire oh la la, regardez comme jadis ça lançait de la poix fondue depuis les châteaux forts mascus, regardez comme c'était la honte, la lose, la galère, alors qu'aujourd'hui, super.

Alors la fille aux coquillettes dit d'accord, tenez, j'ai une dernière histoire à vous raconter, une affaire récente, dont j'avais oublié les détails mi-navrants mi-croustillants, navrillants disons pour mettre tout le monde d'accord.

Nous sommes en juillet 2019, et la Fédération de cyclisme tente d'attirer de nouvelles licenciées. Elle décide donc de lancer un « ambitieux plan de féminisation du cyclisme », jusque-là riche idée. Autour de moi justement, beaucoup de meufs se sont mises au vélo ces dernières années parce que ça réunissait deux de leurs grands projets de vie : un mode de déplacement écolo + éviter les mains au cul dans le métro. J'aurais donc pour ma part globalement misé là-dessus en termes de communication. (N'oubliez pas que j'ai entamé un BTS marketing en 2005 svp.) Mais la fédé non, la fédé, elle, décide de nous pondre une campagne intitulée : les Missyclettes.

…

Crevettons à nouveau : déjà, *la bicyclette* n'est pas *le vélo*. Le vélo est sportif, tout-terrain, rapide. Le vélo, même à petites roues, déplace, transpire, tourdefrance, décathlonne.

La bicyclette, elle, Yvesmontande de bon matin sur les chemins, la bicyclette gambade en noir et blanc, se papillonne et se touriste. La bicyclette s'arrête prendre un sirop d'orgeat, la bicyclette ne change pas les vitesses. La bicyclette crève et marche, la bicyclette est bien charmante mais pas franchement dopante. À bicyclette, grattez-vous pour le mont Ventoux.

Ça ne présageait déjà rien de bon, ça sentait un peu le pâté pour des gens qui voulaient donner au cyclisme féminin de la valeur sportive, que de choisir « bicyclette ».

C'était déjà mal barré, mais l'ajout de *miss* venait là-dessus nous tartiner de la crème de cerise sur le gâteau sec. *Miss*, d'abord, c'est « mademoiselle », et « mademoiselle », c'est encore définir les gonzesses par leur appartenance ou non à un homme.

Miss, c'est aussi « Miss France », « Miss Monde », foire à la saucisse de nos-bikinis-ont-du-talent dont les participantes, aux antipodes d'être les idiotes tant moquées par ceux qui se croyaient plus malins, ont simplement accepté de jouer les règles du jeu patriarcal. Ah vous voulez des +4 ? Oui, j'en ai une paire. Je ferai avec. Puisqu'il n'y a qu'en suivant vos règles que nous pouvons gagner. Puisque les femmes perdent tellement partout, tout le temps.

Les règles du Missistan disent : « Tu feras croire à ta tête vide et à ton corps disponible. » Les règles disent : « C'est Lustucru qui doit penser qu'il a gagné : pas de tête, juste un corps, pas chassés et justaucorps. »

« Miss » est aussi ce morceau de « salut la miss », et « salut la miss » est un drapeau que nous repérons de giga loin ouh la la, hissé en étendard flottant aux quatre vents, phares clignotants sur l'autoroute du seum juste avant que ne bipent nos radars à nids d'emmerdes paternalistes et infantilisants. La vache elle était longue, cette phrase. « Salut miss » est déjà un drapeau rouge, « salut LA miss » est sa version fluo, écarlate, tissu de corrida, le torero va forcément nous péter les baskets avec une main sur l'épaule et un commentaire sur nos fringues trop ou pas assez.

C'est ce que je pensais jusque-là communément admis, mais vérifiant quand même, je tombe sur le post d'Eliotus33 sur un forum d'entraide à la traduction franco-anglaise, qui affirmait en 2007 à ses camarades non francophones que *l'usage du* salut miss *était affectueux*. J'espère qu'Eliotus33 a, depuis, pris conscience de son immense erreur et adopté un caniche pour tout ce qui est affection.

« Miss » dit « sans tête » et « bicyclette » dit « sans vrai vélo » : l'opération « Missyclette » est une grande réussite, clap clap, bravo la fédé. Queue sur la cerise du gâteau : le dossier de presse est illustré d'une image réunissant toutes les... princesses Disney. Mais n'y voyez pas un énième clin d'œil paternaliste, les miss ! Trône également dans l'inénarrable communiqué (je vous fais grâce du fait que les Missyclettes « reflètent la femme d'aujourd'hui, de la fillette à la maman » – celles qui ne seraient ni l'une ni l'autre peuvent se gratter) une illustration des princesses Disney, toujours, MAIS devenues adultes avec des métiers.

Ah ! N'allez pas croire que la Missyclette est chômeuse, branleuse, allocateuse ou pire : ménopausée. La Missyclette est une « working girl sensible aux nouvelles tendances », les retraitées et les démodées peuvent bien aller se faire cuire les fesses au four à tarte tatin.

Je décide d'éteindre mon ordinateur calmement, le geste sûr et la gamberge en mode bilan. Je viens de trancher. Tant pis si je me plante systématiquement dans la cuisson des nouilles. Je serai de celles qui foirent, des rateuses, des ringardes, des pas-princesses et de la roue crevée, des pas toujours *working* et des bizarrement *girls*.

Je serai de celles du côté de la plaque, des qui parlent toutes seules et décident un jour d'*enquêter les coquillettes*. Pour rien. Pour la beauté du geste. C'est joli, la beauté du geste. C'est inutile et poétique, parfois livré avec des petites graines de symboles à se planter sur la jardinière.

Pas mal fière de mon champ lexical horticole pour une meuf qui n'y connaît rien en pastéquiers, je réalise tout de même qu'il va falloir que je vous laisse, il est temps que je me passe l'"espace bureau" à la balayette sinon vous savez ce que c'est, les miettes dans le pyjama, oui je peux vous le dire maintenant, depuis le début, je suis en pyjama.

Et puisque j'en suis à vous avouer des trucs, il faut que je vous dise une toute dernière chose et sachez que je vais peut-être employer le mot « grammaire » mais n'ayez pas peur je suis là, je suis en pyjama, rassurant le pyjama.

Prenons un mot, un tout petit, un tout bête. Prenons le mot « on ». *On* est un pronom personnel, vous savez, comme je, tu, il... mais *on* est un pronom personnel dit « indéfini », c'est pratique, il incarne ainsi l'universel.

On, c'est tout le monde.

Sauf que *on*, en fait, était à l'origine un nom commun.

Et pas n'importe quel nom commun, *on*, c'est *homme*, qui est passé par les orthographes *hom* et *om*.

Notre *on,* notre universel est un homme. « On » est un homme. C'est bête, pour un truc universel, d'oublier une demi-plâtrée de l'univers.

Oh, je ne crois pas tellement à ce stade que se passer de *on* soit jouable, il est tellement enraciné, ce n'est peut-être même pas souhaitable. Mais c'est toujours utile de regarder *Tiens, si l'arbre penche comme ceci, c'est peut-être que les racines ont un souci.*

Quand même ; tenez, juste comme ça, pour voir, pour jouer, est-ce qu'il serait possible de s'en passer ? Ne tremblez pas, ce n'est pas des hommes que je veux me débarrasser. C'est de la prétendue neutralité du masculin. Ce que j'interroge, c'est de faire passer *l'homme* pour *l'humanité* ; ce que je jetterais bien au compost, avec mes trois molles coquillettes, c'est l'universel mytho du seul masculin comme norme.

Je disais ça comme ça, mais avant de vous laisser, rapport que j'ai une balayette sur le feu, je dois vous mettre dans la confidence : en clin d'œil à cette idée, j'ai fait un truc, un truc pour rien, un truc inutile et poète, une petite chose imparfaite.
Pour la beauté du geste, j'ai supprimé le ON de tout ce livre.

Oui, vraiment.

Ça ne vous a pas manqué, n'est-ce pas ?
Bonne relecture.

Bibliographie,
sources, et autres trucs que personne ne lit jamais mais vous oui apparemment

- La légende de Marco Polo ramenant les pâtes de Chine a été publiée sous le titre *A saga of Cathay* dans le *Macaroni Journal* du 15 octobre 1929.

- Sur les violences sexuelles dont est accusé Michael Jackson, voir le documentaire *Leaving Neverland* de Dan Reed. Attention, comme l'indique l'affiche elle-même, le film est : « Difficile à voir. Plus dur encore à ignorer. Impossible à oublier. »

  Si vous êtes victime ou si vous avez connaissance d'une situation de maltraitance d'un enfant, appelez le 119.

- L'histoire du charivari de Zéphyrin est raconté dans le tome 2 des *Poésies populaires de la Gascogne* de Jean-François Bladé (éd. Maisonneuve et Larose, 1881).

- L'œuvre de Walt Disney est citée à plusieurs reprises pour son impact sur la culture populaire : il me semble opportun de préciser ici que l'homme est pour le moins controversé. Il est régulièrement accusé d'antisémitisme et de misogynie, notamment. Lire l'article *Sept choses que vous ignorez sur Walt Disney*, par Hélène Combis, Radiofrance.fr (2016).

- Les aventures de Tobie père et de Tobie fils sont à retrouver dans l'Ancien Testament, au chapitre « Livre de Tobie ». (Étonnant, non ?)

- À propos du cannibalisme dans l'histoire du *Petit Navire*, vous pouvez découvrir d'autres *Comptines cruelles* dans le documentaire audio de Sabrina Seddiki sur ARTE Radio.

- L'article d'Edward B. Davis racontant ses tribulations baleinières dans la presse de jadis s'intitule *A whale of a tale : fundamentalist fish stories* et a été publié dans le n° 43 du magazine *Perspectives on Science and Christian Faith* de décembre 1991.

- Pour en savoir plus sur l'histoire de la baleine de Villerville, n'hésitez pas à acquérir le n° 176 de la revue *Athéna sur la Touques*, ou à vous plonger dans *La Revue d'Histoire du Théâtre* n° 275 (2017).

- Le prix des places de queue, tête et larynx du théâtre-baleine est indiqué dans le journal *La Plage de Trouville* du 26 août 1894 et disponible sur le site des archives du Calvados. Que soient ici remerciées toutes les initiatives de numérisation des archives et des choix de mise à disposition gratuite du public qui permettent de telles découvertes.

- Le banquet qui prit place à l'intérieur d'un dinosaure est raconté dans le journal *Illustrated London News* du 7 janvier 1854, qui précise que les invitations furent envoyées super à l'arrache et que soyez sympas de proposer vos plans de soirée un peu plus tôt la prochaine fois.

- Il existe de nombreux articles concernant l'ouverture puis la débandade du parc Mirapolis suivie par la presse généraliste de l'époque, ainsi que des vidéos sur le site merveilleux de l'INA mais aussi des revues spécialisées parmi lesquelles *Parcs et Attractions* n° 41 – merci à @Timekeeper de m'avoir transmis ses archives !

- Notez qu'après que les accusations de Marcel Campion à l'encontre de DSK ont été publiées dans le magazine *VSD* (*Révélations : DSK m'a réclamé 5 millions de francs,* 18/01/2012) le tribunal correctionnel de Paris a condamné Marcel Campion, le directeur de la publication et la journaliste pour ces propos diffamatoires.

- Marcel Campion a quant à lui été condamné pour ses propos homophobes. (*Marcel Campion condamné à trois mois de prison avec sursis pour des injures homophobes*, France Bleu, 18/12/2020.)

- L'idée de citer la fable de La Fontaine *La cigale et la fourmi* m'a été entièrement inspirée par le très chouette spectacle *La convivialité ou La faute de l'orthographe* d'Arnaud Hoedt et Jérôme Piron. Courez le voir si vous le pouvez !

- L'histoire des frères Grimm est racontée par Jack Zipes sous le titre *The forgotten tales of the brothers Grimm* (revue en ligne *The Public Domain Review*, 2012).

- Les aventures de Charles VI sont relatées dans *Charles VI (1380-1422). Le roi fol et bien aimé* de Georges Bordonove (éd. Pygmalion, 2006), ainsi que dans *Magic and divination at the courts of Burgundy and France* de Jan Veenstra (éd. Brill, 1997).

- Les sœurs Tatin sont enfin réhabilitées grâce au passionnant dossier *Les grands mythes de la gastronomie* publié par François Denamur sur le site de l'université de Liège (2018).

- L'histoire de Lustucru est décortiquée par Jé Wilson dans l'article *Lustucru : from severed heads to ready-made meals* (revue en ligne *The Public Domain Review*, 2019).

- La citation de Claude François est tirée d'un film documentaire réalisé par François Pomès *Claude François, le dernier pharaon*, diffusé en 2018 par la RTBF.

- Sur le terme « Beurette », vous pouvez lire l'article de Lina Rhrissi *En France, comment la fétichisation pèse sur la vie amoureuse des femmes d'origine maghrébines* (revue *Tel Quel*, 2021).

- Jules Marouzeau a publié son article *Un aspect du féminin français* en 1946 dans la revue *Le français moderne*, article évoqué par Michel Roché dans l'article *Le masculin est-il plus productif que le féminin ?*, paru dans la revue *Langue française* (n° 96, 1996).

- Alain Rey relate l'origine du mot « on » dans son *Dictionnaire historique de la langue française*. Que les gens qui offrent le *Dictionnaire historique* d'Alain Rey à Noël soient remerciés.

- Le navrillant dossier de presse des Missyclettes a été édité par la Fédération française de cyclisme en 1904. Ah nan. Juillet 2019.

Remerciements

Il y a des livres à l'eau de rose.

Celui-ci est à l'eau de cuisson.

Et l'eau de cuisson, si c'est pas salé comme il faut, c'est pas folichon.

Mille mercis donc à tous mes grains de sel : Diane Milelli, Florie Cadilhac et Claire Besset, Sarah Détré, Lucia Calfapietra, et toutes les équipes de Binge Audio Éditions qui m'ont fait confiance et ont accompagné la campagne de financement de ce projet de travail acharné et de coquillettes au pesto. (Et franchement, c'était gratiné.)

Merci aux ami·es qui m'ont soutenu les cernes à bout de bras. Merci les gens que j'aime, merci les gens de mes doutes.

Merci surtout immense à mon éditrice Karine Lanini sans qui ce livre HAHAHA, comment vous dire. Merci pour ton enthousiasme originel sans lequel mes tiroirs seraient restés tout pleins de Jacques Chirac et de baleine alors que j'ai pas la place. Merci pour chaque paragraphe vachement mieux après, chaque virgule à la galette des rois, chaque titre soupesé au comptoir d'un google doc.

De New York à Tokyo, tout est partout pareil, sauf parfois, un phare dans la nuit (et un sifflement de baleine). Merci Karine d'avoir été mon sifflement de baleine dans la nuit, c'est infiniment précieux d'être si bien accompagnée, et ce livre te doit beaucoup.

Merci Florent infiniment
pour les relectures à la laine de verre,
pour *la vie et les coquillettes, le musette et la bière*.

Sommaire

Merci

Cet ouvrage a pu paraître grâce au soutien de toutes les personnes qui ont précommandé leur exemplaire au printemps 2023 sur Ulule.com.

L'autrice – qui adore parler d'elle a la troisième personne – tient à remercier chacune des personnes ayant contribué au financement de ce livre sans avoir la moindre idée de ce qu'il y aurait dedans. Vous êtes ces gens qui acceptent un chocolat en prenant le risque qu'il soit fourré à la liqueur d'orange. J'espère que mon fourrage vous a plu. Je ne suis pas sûre que ça se dise, fourrage, car vous n'êtes pas des lapins.

Mais vous avez compris.

Parce que vous êtes super.

Merci petits ruisseaux, vous êtes ma grande rivière.

Abel Céline · Achouline Sonia-Maud · Ackermann Manfred · Adam Christian · Agate Camille · Agié Sophie · Aimé Anne-sophie · Aknin Sarah-Loëlia · Albaret Jonathan · Alcantara Jocelyne · Alemany Charlotte · Alexandre Guillaume · Alfandari Emeline · Alibert Isabelle · Allemand Serwan · Alloteau Marie · Allouch Axelle · Alves Pires Claire · Anaïs Laborde · Anderson Morgane · Angelini Pierre-Antoine · Suied Michelet Anne-Cécile · Antoine Corre Mélanie · Anzalone Ludovic · Arbelot Marie · Arrachea Kyomi · Arsac Pierre · Arsane Clémentine · Aschenbrenner Claude · Astaldo Nessa · Aubineau Réjane · Aubourg Bérengère · Aubry Marine · Audemard Juliette · Auffret Anne · Auger Lucie · Aumaître Michel·e·s · Aupetit Manuel · Autechaud Célia · Auvray Severine · Aycard Clémence · Babé Matthieu · Baccus Benjamin · Bachelier Alice · Badillo-Collart Livia · Baechler Émilie · Baeriswyl Léa · Baillet Laurence · Baker Alison · Baland Romane · Baldellou Fanny · Baldy Julia · Ballée Caroline · Balleyguier Julien · Bantegnie Émeline · Baousson Marine · Barbarin Bénédicte · Barcet Adeline · Barcilon Lili-Jeanne · Barentin Evan · Barnier Hélène · Baron Emmanuel · Barotin Fabrice · Barret Christine · Barthez Julie · Bastianelli Leila · Bastide Yves · Bastin Aurore · Bataille Laura · Bauby Isabelle · Baudat Isabelle · Baumert Célia · Beauchet Gaëtan · Beauvier Margaux · Bedel Stéphanie · Béguelin Fanny · Behague Aurore · Behar Maxime · Beinstingel Lucile · Belfort Morgane · Bellaha Sonia · Bellanger Priscilla · Bellanger Guillaume · Bellard Élodie · Bellardant Chloé · Bellenger Noémie · Bellot Mariannick · Bencheikh Sirine · Bénéteau Marie · Benezit Valentine · Benigni Marina ·

Benoist Marine · Benoist Clarence · Benoit Bastien · Benoit Marie · Bensoussan Margot · Benveniste Claire · Beraud Angele · Berger Nicole · Berjon Anne · Berkowicz Franck · Bernard ThiBaï · Bernard Carole · Bernard Marion · Bernard Laura · Bernier Léa · Berrahal Quentin · Berthet Stéphanie · Berthold Nina · Bertoni Céline · Besançon Clotilde · Bessay Marion · Bianchin Julie · Bidorff Julie · Bié Alice · Bigarnet Luce · Bigois Lauriane · Bilquey Julie · Bilyk Natacha · Birkemeyer Loris · Bizot Stéphanie · Blain Lucile · Blais Marion · Blanc Clara · Blonz Hélène · Boeri-Charles Gabrielle · Boisset Donovan · Bonnard Cécile · Bonnet Mireille · Bonnet Manon · Bonnetain Aurélie · Bonnier Céline · Bonoli Marie-Annick · Bonte Elsa · Bontemps Laetitia · Bontemps Florence · Bontemps Matthieu · Borghi Elina · Bories Anabelle · Bossière Cécile · Bottex Pierre · Bottier Floriane · Bouchard Solveig · Boucherat Adélaïde · Bouchet Liou Chloé · Bouchoux Sophie · Boudet Emmanuelle · Bouffigny Eline · Bougard Bérénice · Boulanger Caroline · Boulet Marie · Bourcereau Henri · Bourdin Stella · Bourel Etienne · Bourel Pascaline · Bourg Caroline · Bourgeais Nicolas · Bourgeois Hervé · Bourguignon Chloé · Bournonville Joséphine · Boussard Morgane · Boutard Juliette · Boutarel Sylvaine · Boutboul Sophie · Bouveret Bérengère · Bouvet Agnelli Fiona · Bouvier Éléonore · Bouvier Garzon Pascale · Bracchi-Cabannes Xavier · Brandenburg Alice · Brengou Delphine · Brescia Etienne · Breton Marie-Pierre · Breysse Ludovic · Briard Justin · Brias Chloé · Briat François · Brière Stéphanie · Brière Camille · Briet Morgane · Brimboeuf Lison · Brucher Laetitia · Brückner Samuel · Brule M-Annick · Brun Mathieu · Brunet Anissa · Buchmuller Sophie · Buffet Alice · Bujan Caroline · Burckhardt Sophie · Burny Myriam · Cabarrou Cécile · Cachenaut Myriam · Cadiou-Berthélémé Maelig · Cailhol Thibault · Caillé Amélie · Callerisa Elise · Camus Christelle · Canazzi Jean · Candau Marion · Cantonnet Sarah · Canvel Marie · Cappelle Antoine · Carayon Mathilde · Carbonel Julie · Cardinaud Morgane · Cardo Tanguy · Carey Anna-Marie · Carlotti Nina · Caron Clémence · Carriere Alienor · Casabonne Mathilde · Casadesus Raphaël · Cascarini Lucie · Cassagnard Caroline · Cassagnard Caroline · Cassiaux Audrey · Castaing Nicolas · Castaing Magalie · Castellani Marie · Catrain Julie · Cattani Dominique · Cattin Johana · Caumont-Prim Chloé · Cavaillès Marie · Cayez Luce · Caylou Mathilde · Cayuela Cyprien · Cendrier Noé · Cesario Laure · Chabroud Nathalie · Chagny Marion · Chainiau Fanny · Chambade Eric · Chancelier Léa · Chantereau Fanny · Chapelon Aurelie · Chaput Guillaume · Chaput Renaud · Charbonnier Jessica · Chardenal Louise · Chargy Romane · Charles Danna · Charlet François · Charrue Joatham · Chasseriaux Amélie · Chassevant Emilie · Chastang Sophie · Chaudier Ludovic · Chaumont Damien · Chauvel Corentin · Chauvet Emma · Chêne Floriane · Chéneau-Gréhalle Emilie et Nicolas · Chevenez Albine · Chenou Olivier · Cherer Pierre-jean · Chesneau Marie · Chevalier Claire · Chiesa Iona · Chion Sarah · Chipoy Pauline · Choain Jérôme · Chollet Line · Christophe Adrien · Christophe Aurélien · Ciolkovitch Auriane · Cirade Adeline · Clause Pierre · Clevy Catherine · Cochet Aurélie · Codron Caroline · Coffin Thomas · Cognard Audrey · Cohen

Caroline · Colin Romane · Colineau Élise · Collet Lucile · Colliat Perrine · Colotte Marthe · Comaills Anne · Combarnous Muriel · Combes Gui · Combette Judith · Combier-Mercado Henriette · Commowick Hervé · Conforti Camille · Convers Mélanie · Corbeaux Lucas · Corbet Célia · Cordier Nathalie · Cornel Marie Camille · Corsiglia Lise · Costard Caroline · Costes Joëlla · Couprie Lérig · Courlet Juliette · Courtois Mylène · Courvasier Marie · Cousineau Laurie · Cousseau Sylvain · Coutagne Adeline · Coutisson Valérie · Couturier-Petrasson Claire · Crenn Laure · Crevel Elodie · Cuvillier Priscille · Da Gama Célia · Dafour Céline · Dalla Corte Ninon · Danzanvilliers Julie · Darbellay Chloé · Darche Céline · Dardenne Auli · Dargent Estelle · Darmon Emie · Darmanin Gérald (nan je déconne) · Darracq Annick · Dauberlieu Emmanuelle · Dauphin Sandrine · David Marie · David Gaëlle · Davoine Christel · de François Cécile · De Haas Caroline · De Lange Femke · De Lasteyrie Cyrille · De Mazancourt Hugues · De Sparre Niels · De Vos Luc · Debernardi Anna · Debord Daphné · Debourse Elisabeth · Decelle Camille · Decerle Élodie · Dech Pauline · Décloitre Cynthia · Defourny Julie · Degobert Helene · Degoul Justine · Deheurles Aymeric · Delache Camille · Delacou Justine · Delannoy Manon · Delavenne Juliette · Delay Marie · Deligné Guillaume · Demail Amélie · Démare Gaëlle · Demeester Eric · Demeocq Eve · Demey-Machon Clementine · Demy Valentine · Denis Cynthia · Denis Anaïs · Depierre David · Depuydt Julie · Deracinois Lætitia · Dereeper Ludovic · Derpmann Bruno · Derupt Brigitte · Deschamps Berangere · Desert Pierre · Deslandes Serge · Dhesse Cecilia · Devert Damien · Deyres Sylvain · Didelet Claire · Didier Hélène · Dietz Louise · Dieumegard Tiphaine · Dollet Anne-Sophie · Dosch Justine · Douais Marianne · Doucet Mari · Dransart Angèle · Drillien Lionelle · Drouilhet Séverine · Dubarry Marie-Sophie · Dubau Emilie · Dubois Adélaïde · Dubosson Fabienne · Ducamp Marta · Ducroq-Antoine Manon · Dugne Quentin · Dumas Charlotte · Dunand Jean-Sebastien · Duong Christine · Dupas Mylène · Dupas Émilie · Duplouy Laëtitia · Dupont Emmanuel · Dupouy Denis · Duranton Marine · Eddé Nour · Edimbourg Sarah · Eil Marie · El Amraoui Nora · Elies Amandine · Emy Marie · Enée Charline · Ennesser Stéphanie · Eric Saro · Erouart Marion · Especel Cécile · Estivie Julie · Eynard Juliette · Fabre Éléonore · Fabre Rémi · Fabre Agathe · Fache Mathilde · Fanfano Laura · Sarron Fanny · Faure Andrea · Faure Pauline · Faure Lucchesi Georges-Etienne · Fauveau Cédric · Fauvel Myriam · Faÿsse Juliette · Febvre Laurent · Felissent Anne Fleur · Fenard Youenn · Ferrière Claire-Anne · Festaz Alexandre · Feuillade Aurore · Finidori Céline · Flavigny Charlotte · Flenet Lisa · Flet Camille · Flocon-Cholet Clarice · Flück Lucie · Font Élodie · Fontaine Cédric · Fonton Alexandre · Forêt Thémis · Formosa Vanessa · Fouchet Ergane · Fouqué Clémentine · Fouquet Frédérique · Fourcassie Romarin · Fourny Sylvain · Fousseret Camille · Franchomme Émilie · Frauman Evelyne · Fraycinet Pauline · Frearson Célant Lea · Frérot Marine · Freson Myriam · Fresse Camille · Froissart Laura · Furno Laureline · Furno Ariane · Gagnaire Agnès · Galland Carole · Gallard Rosalyne · Gancel Guillemette · Ganem Elsa · Gantier Solène · Garate Monik · Garda-Krebs

Solène · Gardelle Manon · Gardes Lucie · Garnier Virginie · Gasnier Solène · Gaspar Mélanie · Gaucher Alexandra · Gaudichet Aubin · Gaudin Christophe · Gaudin Claire · Gaulmy Vincent · Gauthier Valérie · Gautrais Sébastien · Gautreau Alice · Gayer Bruno · Gayon-Debonnet Nadège · Gayraud Sophie · Gayrine Alix · Geffray Clémence · Genreau Marie · Gentile Guillaume · Gerber Tiffany · Gerber Nguyen Yohann · Germain Lucie · Germain Dominique · Gery Charlene · Gicquel Laurent · Gicquel Florence · Gillard Sébastien · Gillet Le Cavorzin Hervé Pascal · Gilquin Laura · Gio Alice · Giovannangeli Estelle · Giraud Delphine · Girault Félix · Girault Aurélie · Gire Silvain · Gisbert Jean-Noël · Gissinger Vincent · Glayre Mélanie · Gobet Christelle · Godart Claire · Godinot Judith · Goering Diane · Goliot Adiel · Gomez Delphine · Gouaux Justine · Gouin Clemence · Goujon Lucie · Graas Alice · Granjoux Anne · Gras Benjamin · Gratpanche Quentin · Gratreau Élodie · Grc Guillemette · Greif Lucile · Grenier-Berdé Adèle · Griziaux Géraldine · Grohard Camille · Groleau Claire · Grolleau Emmanuelle · Grondin Louise-Diane · Gronnwald Rémy · Gros Lucile · Groux Daniel · Gué Agathe · Guégan Romane · Gueguen Loïc · Guéhéneuc Flavia · Guerin Laura · Guerreau Morgane · Guéry Charlotte · Gueu Virginie · Guézou Céline · Guibert Claire · Guibert Olivia · Guidi Léa · Guillaud-Bataille Thomas · Guillaume Jean-Baptiste · Guillois Lucie · Guillou Claire · Guinchard Delphine · Guipouy Madeleine · Guivarch Julie · Gustave Quentin · Guyot Yoann · Gwenaelle Bouette · Hadjoudj Yasmine · Hallemans Sandrine · Hamon Christine · Hamot Lætitia · Harding Madeline · Hardy Joëlle · Hardy Charlotte · Harmand Julie · Harot Adeline · Hascoet Perrine · Hass Bérénice · Hatem-Gantzer Ghada · Haym Marisca · Hayoz-Emery Rachel · Heckel Mathilde · Henaff Elsa · Herniou Nicolas · Herpe Biard Lætitia · Heude Sandrine · Heurtebise Mathieu · Hinsinger Véronique · Hirtzig Noémie · Hivin-Bureau Bénédicte · Hoffarth Lucie · Homel Catherine · Hondarrague Aurore · Honnert Rachel · Houcke Madeleine · Huard Adèle · Huber Joëlle · Huby Alain · Huchard Isabelle · Huet-Potet Flore · Huille Magali · Huille M.L. · Huleux Odile · Humbert Camille · Hunt Tara · Iaich Virginie · Ignjatovic Alexandre · Imbert Justine · Isabelle Jouatte Isabelle · Iselin Laurence · Izoret-About Caroline · Jachiet Louis · Jacoboni Lison · Jacquemart Pierre-Emmanuel · Jacquet Dariane · Jaeckel Aude · Jaillet Gaëlle · Janine POSS · Jannic Ronan · Jaouen-Bossard Blandine · Jaques Bastienne · Jarmouni Sophie · Jauny J · Jeandel Caroline · Jeandot Chrystel · Jehl Nadine · Jérémie Dutoit · Jérôme Lucile · Jimenez Cécile · Joan Fleur · Joannard Cyrielle · Joe Maud · Joguet Priscilla · Joly Cécile · Jondeau Mickaël · Jordan Sandy · Jorge Marina · Jorge Céline · Joseph Laura · Joseph Mélanie · Joubert Annabelle · Jouneau Agathe · Jouvet Claire · Jugan Salome · Jugé Léana · Juif Marie · Juyoux Pauline · Kaïoun Perrard Clara · Katossky Stan · Kaupp Remi · Kelner Caroline · Keraval Karine · Kerdelhué Gaétan · Kerdoncuff Élise · Kerlidou Alexandra · Keuer Cécile · Kiciak Olivia · Kismoune Alex · Klam Lorraine · Kleiber JC · Kokorian Fiona · Korn Pascale · Kostromine Cyril · Kostromine Serge · Krakowski Vincent · Kuijlaars Antoinette · Kurzaj Dorian · Kyoda Anne-Cha · Labarbe Clémence · Labbé Axelle

· Labbé Émilie · Labbé-Denis Marion · Labertoniere Marjolaine · Laborde Laëtitia · Lacarriere Claire · Lacassagne Sandrine · Lachaud Gabrielle · Lacoste Julie · Laffon Sarah · Laffont Marine · Laffort Marine · Lafontaine Coline · Lafontaine Xavier · Lagneaux Christelle · Lagrange Constance · Lahore Marina · lamarao Hélène · Lambert Nathalie · Landmann Claire · Landrein Anatole · Lang Agathe · Langers Livia · Laparra Violaine · Larere Camille · Larribau Carole · Lasne Robin · Latour Pascaline · Laubie Guilhem · Laudoux Delphine · Laurence Meyer Laurence · Laurent Guillaume · Laurent Émilie · Laurenti Afra · Lavogez Elise · Le Borgne Jocelyne · Le Corre Aurélien · Le Devedec Héloïse · Le Dily Romane · Le Gal Maëlle · Le Goff Cécile · Le Maître François · Le Menn Marie-Anne · Le Meur Alban · Le Meur Hélène · Le Moal Bilyk Cecilia · Le Quément Anne · Le Tumelin Céline · Lebaupain Isabelle · Leblanc Hélène · Leblond Thomas · Leboeuf Sandra · Lebourg Théo · Lecarpentier Flore · Lecerf Marion · Leclerc Cybèle · Leclerc Sarah · Leclert Alice · Lecompte Anaïs · Lecoq Valerian · Ledig Rémi · Ledoux Marenka · Leduc Ann-Laure · Lefebvre Manon · Lefèvre Mathilde · Lefranc-Morel Sophie · Legard Nathalie · Legouge Claire · Legros Caroline · Lehoux Stephanie · Leloup Maud · Lemaire Solène · Lemaire Maëva · Lemaitre Lucie · Lemeunier Aude · Lemoine Julie · Lemoine JF · Leon Diane · Leonard Flavie · Léonhart Claire · Leonio-Niclou Anne-Lise · Lepaul Xavier · Lepère Géraldine · Lepetit Thomas · Lepoittevin Marie · Lequin Myriam · Leroy Estelle · Leroy Amélie · Lesot Véronique · Letilly Nadège · Levy Nina · Lhote Emilie · Libat Pauline · Libotte Boris · Libotte France · Limoges Anne · Limorté Vincent · Lindenmann Viviane · Liorit Vanessa · Lisbonne Sylvie · Livion Marisa · Lloret Marielle · Loesch Marianne · Loiseau Delphine · Loison Carine · Lombard Madeleine · Long Aude · Long Justine · Lorillard Marion · Lorsignol Marina · Losson Mathieu · Loviny Baptiste · Loyer Brocard Aude · Lucas Guillaume · Lugrin Pascale · Lussiana Emeline · Lyset Antoine · Macerot Rosalie · Machin Coline · Madelaine Clément · Maestracci Emmanuel · Magnée Delphine · Magri Isalyne · Mahé Noëmie · Maier Nolwenn · Maignan Charline · Maillard Soizic · Maitreheu Benjamin · Majewski Stéphanie · Malho Chloé · Mallaret Maïté · Mallet Isa · Malon Arnaud · Mamou Marianne · Manceau Flora · Marc Aurélie · Marcadet Alexis · Marché Laure · Marecaux Sarah · Margaria Unt' · Marie Anne-Sophie · Marin Denis · Marion Bertille · Marique Isabelle · Marquié Hélène · Martel Juliette · Marterer Judikaëlle · Martin Sophie · Martinet Brunissende · Martino Jérôme · Massaria Nolwenn · Massoni Philippe · Matheux Cyprien · Mathieu Margault · Mathieu Julien · Mathilde Jousset · Mathioudakis Sonia · Matsos Alexia · Maugeais Eleonore · Mauger Stéphanie · Maumy Tiphaine · Maxime Camille · Mayar Proserpine · Mazzochi Kim · Méléard Anne · Mellon Elise · Menard Kevin · Menet Aurélie · Menguy Sarah · Ménivier Cécile · Mère Hyène Nolwenn · Metayer Lucie · Méténier Laetitia · Metral Chantal · Meulemans Coline · Meunier Esther · Meyer Valentine · Meynent Coline · Meziani Laure · Mezine Hugo · Miceli Debora · Miesch Rebecca · Mignot Jessica · Milcent Eva · Milchberg Noemi · Milder Maud · Milo Marion · Mimaud Fabienne · Mirbeau

Ophélie · Mit Marceline · Mlocik Mélissa · Moigne Robin Gwenolé · Monfort Nicolas · Monot Julie · Monsegond Jany · Monsempes Anne · Moreai Jessica · Moreau Virginie · Moreau Elsa · Morel Ronan · Morel Elfie · Morel Julien · Moret Valentine · Morfouace Eugénie · Ouin Morgane · Morinay-Calmon Gabriela · Moro Céline · Morvan Carla · Mosmant Pascale · Motté Camille · Moulai Adam · Moussaï Alexandra · Mouton Appolline · Msaddek Louisa · Muller Ines · Murillo Audrey · Muscat Maureen · Mutel Lucile · Nabil Mikhail · Nau Jacobs Charly · Naudais Lenaig · Neagu Alexandre · Neven Camille · Nevers Nina · Neveu Quentin · Nghiem Xuân · Ngo Stephanie · Nichele Marina · Boilleau Nicolas · Nitelet Nathalie · Noel Gwendoline · Noel Lucie · Noël Rosalie · Noël Erwan · Noizet Laura · Nolot Cécile · Guervenou Nolwenn · Normand Xavier · O. Alice · Odobez Mathieu · Orgeret Diane · Oster Simon · Oudin-Dumas Anne-Catherine · Pac Virginie · Paccaud Delphine · Pacoutet Marion · Pacull Emelyne · Pageot Aurore · Paillet Coline · Paillier Nathalie · Pamphile Maddy-Nina · Pantalone Estelle · Paoli Fanny · Papillon Violaine · Paquin Lorine · Paraskevopoulos Claire · Parcoret Naïs · Paris Sandra · Parisot Thomas · Parovina Carla · Pasquet Adèle · Passerin Camille-Léa · Pastant Marion · Pastre Joël · Pataut Sandrine · Paté Alexandre · Patton Élise · Pauchet Nathalie · Paumier Anne · Pavan Delphine · Pavillet Julie · Pavillon Simon · Pedeboscq Sabrina · Peeters Anne · Pellegrin Aurélie · Pellerin Mat · Pellin Émilie · Perdreau Céline · Perez Léo · Perier Stéphanie · Pernoud Veronique · Perol Gwenaelle · Perrard Marcelline · Perret Michèle · Perrier Stéphane · Perrin Cécilia · Péters Marie · Petersell Laura · Pétillon Yael · Petit Lyne · Petit Muriel · Petraz Matthieu · Petre Steph · Petricola Floriane · Peureux Amandine · Peyre Benoite · Peyret Laure-Emmanuelle · Pflaum Mélanie · Philippe Claire · Pignet Justine · Pil Eglantine · Pilar Anne-Laurie · Pilarczyk Julia · Pilet Marie · Pinchedez Clément · Pinçon Antoine · Pineau Odile · Pineau Blaise · Pivoteau Judith · Pizzetta Sara · Plancquaert Charlotte · Plantegenest Karine · Plaza Claire · Poindessous Thomas · Poivre Sébastien · Pomi Adeline · Ponroy Anne · Portal Cécile · Portalier Barbara · Portello Abitzmil Julie · Pouillard Jennifer · Pouille Hélène · Prache Etienne · Pradillon Béatrice · Pratx Anne · Prot Isabelle · Proust Maora · Provenzano Lauranne · Provost Hélène · Prunet Marie · Pulce Marion · PY Guillaume · Queval Emilie · Quignon Eva · Rafinon Anne · Raim Laura · Raimbault Mélanie · Ranvier Kelly · Raspail Marielle · Raynaud Nicolas · Raynaud Nicolas · Rebaud Adeline · Recher Marion · Redou Alice · Rémy Amélie · Renaud-Poupard Amandine · Rennert Myriam · Reveillon Louise · Reymond Mélanie · Ricard Dimitry · Richard Élise · Richard Pauline · Richard Jean-François · Richardin Anaïs · Richeda Anthony · Richer Marion · Rio Anouck · Riou Pauline · Ripart Nadege · Riquoir Florence · Rivaille Elisabeth · Rivaille Marie-Gentiane · Riz Sylvain · Rizqi Loubna · Robert Noelie · Robert François-Maël · Robeyns Constance · Rocaboy Audrey · Roche Nelly · Roche Alice · Rodriguez Lucie · Rodríguez Victoria · Rodriguez Trincado Lara · Rogerieux Laure-Line · Roland Manon · Romanens Claire · Romanotto Sophie · Rondel Julie · Rondot Lucie · Roque benedicte · Roschbach

Mario · Rossi Tessier Harmonie · Rotach Corinne · Rouault Jean-Baptiste · Rouillard Jacques · Rousseau Karine · Rousseau Sarah · Rousseau Mathilde · Roussel Gilles · Rousselet Lionel · Rouzaud Léa · Royant Vincent · Royer Gwenaelle · Royer Johanna · Royoux Charlotte · Roze Marc · Rozec Thomas · Rubeaux Marie · Rudent Nicolas · Ruelland Magali · Ruiz Josiane · Rulence Mathilde · Rusu-Stiévenard Amélie · Sacchetti Sophie · Sadoc Nicolas · Sainjon Mélanie · Salamon Jean-Marie · Salaun Kévin · Salazar Philippe · Salique Raphaël · Salva Amélie · Saly Anaïs · Sapin Maude · Sarabadzic Lou · Sarrasin Delphine · Sarreméjeanne Marie · Schlenius Charlotte · Schmitt Arnaud · Schoot Renate · Schott Élise · Sciamma Laurent · Sebastian Micky · Secretan Sophie · Séjallon Aurélie · Serra Mélissa · Serres Marion · Sertelon Romain · Sertier Geoffrey · Seutin Charlotte · Sévellec Alexis · Sicard Léa · Simon Denis · Singer Théo · Slaghuis Marie · Soichot Marine · Solana Florence · Sorel Maud · Soudant Bérénice · Soulié Sébastien · Spielmann Aurelie · Stavisky Nina · Stebel Anne-Julia · Steinberg Karine · Stévenin-Morguet Eléonore · Stone Pete · Suter Nicholas · Sutherland Juliette · Suzan Laura · Tabourin Alexandra · Tacconi-Kull Aurore · Taillant Elise · Tallet Elise · Tallon-Baudry Catherine · Tandabany Sattisvar · Taourirt Sami · Tapon Claire · Taupas Laura · Tauvel Lucile · Tavernier Ondine · Teissedre Mireille · Tendron Suzy · Ternois Carole · Terrier Coralie · Terwagne Antoine · Teuf Antoine · Thevenet Alice · Thiébaut Élise · Thiebold Victor · Thivolle Eve · Thocaven Lucie · Thomé Nathalie · Thommeret Sarah · Thore Laure · Tiamani Salima · Tisserand Gwenaëlle · Tissier Marie Hélène · Tom Geneviève · Tonnelier Ambre · Torre Pauline · Touguy Karim · Toulemon Léa · Tourniaire-Blum Manon · Tournier Émilie · Tourrilhes Maëlle · Touzeau Marlène · Tran Malcolm · Travert Brendan · Trepos Marine · Tressières Corinne · Trévillard Sarah · Trihoreau Marine · Trinel Julie · Truchelut Albane · Tuaillon Victoire · Tuffiere Annette · Tvardik Romane · Urruty Célestine · Vailler Lucie · Valenchon Mathilde · Vallet Sophie · Vallet Justine · Vandenherreweghe Françoise · Vanneste Denis · Vaquier Grégoire · Varin Camille · Varin Élise · Vatteville Déborah · Vauvray Lou · Vazard Arnaud · Veilhan Aline · Verbiguié Gaëlle · Veyrat Mylène · Viard Émilie · Viaris Christine · Viau Guillaume · Vidal Marcelin Claire · Vidard Arthur · Vignaud-Delandshere L · Vigner Sandrine · Vilarem Pierre · Vincent Marion · Vincent Matthieu · Vincent Claire · Vincent Chloé · Vincent Charlotte · Virgile Florie-Anne · Vital Claire · Vittet Corinne · Vogt Michael · Voulot Sébastien · Warin Eric · Wauters Melissa · Wiazemsky Hélène · Wietzke Émilie · Wilbaux Sophie · Willems Valérie · Willems Laura · Wilmotte Frédérique · Zaalouni Leboeuf Hedia · Zerdoun Agnès · Znamirowski Dominique · Zwingelstein Rose.

Ce livre a été réalisé en toute indépendance,
ce qui se fait rare de nos jours bolloresques. Pour soutenir
cette liberté éditoriale, parlez du livre autour de vous ♡
Pour dire des trucs gentils, utilisez le hashtag **#lafindescoquillettes**
Pour tout ce qui est désagréable, préférez le courrier postal
(Place Beauvau 75008 Paris Cedex 08)

Retrouvez toute l'actualité de Klaire fait Grr
en scannant ce QRcode :

Achevé d'imprimer en juin 2023, en Vendée, par Imprimerie Offset 5 Éditions.
Dépôt légal : juillet 2023